한밤중에 잠깨어

한밤중에 잠깨어

한시로 읽는
다산의 유배일기

ㅡ 정약용 짓고 정민 풀어 읽음

문학동네

머리말

다산은 두 번 유배 갔다. 1801년 3월에 경상도 장기로 유배 갔다가, 그해 10월에 서울로 압송되어 다시 심문을 당하고, 같은 해에 강진으로 정배되었다. 죽음의 문턱을 간발의 차이로 아슬하게 비켜 갔다. 셋째 형님 정약종은 형장의 이슬로 사라졌고, 둘째 형님 정약전과는 함께 내려오다가 길이 갈렸다.

이 책은 다산이 유배지에서 지은 한시 중 자기 독백에 가까운 것들만 모아 다산의 시점에서 일기 쓰듯 정리한 것이다. 장기에서는 7개월 남짓 있었고, 강진에서는 18년의 세월을 보냈다. 하지만 장기 시절의 자기 독백이 강진 시절보다 훨씬 더 많다. 이 책에도 장기 시절의 시가 더 많다. 유배 초기라 세상을 향해 할 말이 많았던 이유가 있겠고, 강진 시절 시 중 다산초당 정착 이후 근 8년간의 시는 어떤 까닭에선지 현재 『다산시문집』에 한 수도 실려 있지 않은 이유도 있다.

우부승지, 요즘으로 말해 청와대 비서실의 윗자리에서 잘나가던 그가 목숨만 겨우 부지한 채 급전직하 먼 변방으로 쫓겨났다. 가장 가깝다고 믿었던 벗들조차 자신에게서 차례로 싸늘히 등을 돌렸을 때, 그 마음이 어떠했겠는가? 형제가 참혹하게 죽었어도 그는 이에 대해 말 한마디 뗄 수조차 없었다.

유배지에서 쓴 한시에는 다산의 맨 얼굴이 그대로 보인
다. 그도 인간이었다. 장기 시절 시는 들끓는 마음을 가누
지 못해 쩔쩔매는 지극히 인간적인 모습이다. 한없이 자신
을 자책하고, 세상을 원망하고, 속물들을 탄식했다. 하지
만 그 자책과 원망이 조금씩 가누어지면서 마음의 평정을
찾아가는 과정은 환난에 처한 인간이 지녀야 할 바른 자
세를 들여다보기에 부족함이 없다.

『주역』에 감지坎止란 말이 있다. 물이 흘러가다가 구덩이
를 만나면, 구덩이를 다 채워 넘칠 때까지 기다려야 한다.
벗어나려고 발버둥치면 나올 수도 없을 뿐 아니라 상처
만 남는다. 묵묵히 감내하면서 자신이 구덩이에 빠진 원인
을 분석하고 반성하며, 구덩이를 다 채워 흘러 넘칠 때까
지 수양하며 기다릴 뿐이다. 다산의 유배 한시는 이렇듯
환난과 역경과 시련 속에 처한 인간이 절망과 분노와 좌절
을 극복하고 본래의 자신을 찾아가는 과정을 진솔하게 보
여준다.

다산의 위대함은 그가 이룩한 놀라운 성취 때문만은
아니다. 그 성취가 이런 절망을 딛고 나온 것이어서 우리
는 그에게 더욱 놀라고 경탄한다. 보통은 작은 시련 앞에
서도 남 탓하며 세상을 향해 원망과 적의를 품게 마련이
다. 좌절의 시간은 누구에게나 온다. 다만 그때의 내 자세

를 생각해보자는 것이다.

올해는 다산 선생 탄생 250주년이 되는 해다. 위대한 다산도 아름답지만, 인간적인 체취도 아름답다. 그도 우리와 같은 보통의 사람이었구나 하는 안도감을 준다. 나는 그간 다산의 자취를 찾아 여러 해를 길 위에서 헤맸다. 이제는 무심한 시구 속에서도 그의 내면을 훑고 지나가던 이런저런 풍경들이 조금씩 보인다. 차벽 선생의 웅숭깊은 풍경 사진을 함께할 수 있어 기쁘다.

2012년 신록 속의 행당동산에서
정민

강진 유배기의 한시 1801. 11. 5. ~ 1818. 9. 10.

장기 유배기의 한시

1801. 3. 9. ~ 1801. 10. 20.

나를 비웃다 自笑
진창에 갇힌 물고기 自笑 10-1

취한 듯 술 깬 듯 반평생을 보내니
간 곳마다 이 몸의 이름만 넘쳐난다.
온 땅 가득 진창인데 갈기 늦게 요동치고
하늘 온통 그물인데 날개 마구 펼친 듯해.
제산齊山에 지는 해를 뉘 묶어 잡아맬까
초수楚水에 바람 치니 마음대로 갈 수 있나.
형제라도 운명이 다 같지는 않은 법
우활하여 물정 모름 혼자서 비웃누나.

如醉如醒度半生　　到頭贏得此身名
泥沙滿地掉鬐晩　　網罟彌天舒翼輕
落日齊山誰繫住　　衝風楚水可橫行
同胞未必皆同命　　自笑迂儒闇世情

궁벽한 땅에 내동댕이쳐지고 나서 나를 돌아보니 기가 턱
막힌다. 허명虛名만 세상에 가득해서, 제 이름에 제가 취해,
취한 술 깨기 전에 또 한잔을 걸치며 살아온 꼴이다. 진창
에 갇힌 물고기가 뒤늦게 제 처지를 알아채고 이를 벗어나
려고 지느러미로 요동을 치는 격이라고나 할까. 하늘에 온
통 그물이 가득한데 제 날개만 믿고 함부로 날다가 그물에
걸린 새가 바로 나다. 해가 지고 바람이 분다. 꼼짝도 못한
채 운명의 손길에 나를 내맡길 뿐. 한배에서 난 형제도 운
명은 다 제가끔이다. 나는 고작 이런 인간이었나. 나는 날
마다 나를 비웃는다.

도度 지나다. 건너오다. 영득贏得 실컷 얻다. 도기掉鬐 지느러
미를 마구 치다. 망고網罟 그물. 미천彌天 하늘에 가득하다.
암闇 어둡다.

뱀 비늘과 매미 날개 自笑 10-2

초초한 옷차림이 결국 너를 속여서
십 년을 내달려도 피곤함뿐이로다.
만물 모두 안다면서 어리석어 답 못 하고
일천 사람 이름 알아 비방이 따라오네.
고운 얼굴 박명탄 말 그대는 못 보았나
예로부터 백안시白眼視는 천지에게 달린 것을.
뱀 비늘과 매미 날개 끝내 어이 믿겠는가
우습구나 내 인생 간데없는 바보로다.

草草冠裳是汝欺　　十年驅策秪奔疲
智周萬物愚無對　　名動千人謗已隨
不見紅顏多薄命　　由來白眼在親知
蛇鱗蜩翼終何待　　自笑吾生到底癡

14

10년간 나랏일 한다며 분골쇄신 애를 썼지만 남은 것은 전
피곤뿐이다. 저 혼자 똑똑한 척은 다 해놓고, 막상 제 처
지 하나 감당하지 못했다. 명성은 늘 비방을 달고 다녔다.
미인박명이라더니 꼭 날 두고 한 말이었다. 가깝던 벗들이
내게 먼저 등을 돌린 것이 가장 뼈아프다. 나는 그들에게
그런 존재일 뿐이었구나. 고작 금방 벗어버릴 뱀 허물과,
얼마 못 가 바스러질 매미 날개 같은 재주를 믿고 한 치
앞을 내다보지 못하였구나. 바보 같은 놈!

초초草草 보잘것없는 모양. 구책驅策 채찍을 휘두르며 말을 몰
다. 내달리다. 지주智周 지혜가 두루 미치다. 사린조익蛇鱗蜩翼
뱀의 비늘과 매미의 날개. 나약하여 부서지기 쉬운 것.

살 맞은 새 自笑 10-3

의리의 길, 인仁의 거처 아득히 미혹하여
젊은 시절 길 찾으려 이리저리 헤맸었네.
망령되이 천하 일을 모두 다 알려 하여
이 땅 위의 책이라면 죄다 읽을 작정 했지.
맑은 시절 괴롭게 살 맞은 새가 되니
남은 목숨 그물에 걸린 고기 다름없다.
천년 뒤에 어느 누가 이 나를 알아주리
마음 세움 좋았으나 재주가 부족했네.

迷茫義路與仁居　　求道彷徨弱冠初
妄要盡知天下事　　邃思窮覽域中書
淸時苦作傷弓鳥　　殘命仍成掛網魚
千載有人知我否　　立心非枉是才疎

16

젊은 날은 인의仁義의 가르침을 따라 구도의 길에서 방황했었다. 천하의 일을 모두 알고 싶었고, 이 세상의 서책을 다 읽고 싶었다. 이렇게 해서 바탕을 갖추고 나면 모든 것이 툭 틔어서 아무 걸림이 없을 줄 알았다. 지금 나는 살 맞은 새, 그물에 걸린 고기 신세다. 옴짝달싹할 수조차 없다. 천년 뒤의 일이야 차마 어이 말하겠는가? 먹은 마음이 잘못이었던 것은 아니다. 내가 내 깜냥을 몰랐을 뿐.

미망迷茫 아득히 헤매다.   의로인거義路仁居 의리의 길과 인의 집. 『맹자孟子』「이루離婁」상上에, "인仁은 사람의 안택安宅이요, 의義는 사람의 정로正路다"라고 했다.   궁람窮覽 모두 다 읽다.   입심비왕立心非枉 마음을 세움이 잘못되었던 것은 아니다.

고꾸라진 용 自笑 10-4

뜬세상에 사귈 벗이 몇이나 되겠는가
시정 사람 잘못 알아 참된 이로 여겼다네.
국화 그림자 아래선 시명詩名이 높았었고
단풍나무 단 위에선 연회가 잦았었지.
천리마가 내닫을 땐 꼬리 붙은 파리도 좋게 뵈도
고꾸라진 용은 개미가 역린 침범해도 당할 수밖에.
어지러운 사물 모습 혼자서 웃고 마니
동화東華에 내맡기매 먼지만 자욱하다.

浮世論交問幾人   枉將朝市作情眞
菊花影下詩名重   楓樹壇中讌會頻
驥展好看蠅附尾   龍顚不禁蟻侵鱗
紛綸物態成孤笑   一任東華暗軟塵

내게서 등을 돌린 그들을 탓하겠는가? 속도 없이 그들에게 내 마음을 다 내준 나의 잘못이 더 크다. 예전 궁궐에서 국화 시절에 시회가 열리고, 단풍나무 아래에서 연회가 베풀어졌을 때 나는 참 의기양양했었다. 천하가 내 손안에 든 것만 같았다. 득의의 그 시절엔 그들도 다 내 편이었다. 간담도 서로 나눌 듯 허물이 없었다. 이제 내가 고꾸라지니, 한꺼번에 달려들어 물어뜯는다. 멀뚱멀뚱 두 눈을 뜨고 그 모습을 그저 지켜볼밖에. 그래 다 뜯어 먹어라. 내다 내어주마. 서울 쪽을 돌아다보니 먼지만 자욱할 뿐 아무것도 보이지 않는다.

기전騏展 천리마가 발굽을 펴다. 내닫다. 승부미蠅附尾 천리마의 꼬리에 붙은 파리. 의침린蟻侵麟 개미가 용의 비늘을 침범하다. 분륜紛綸 어지러운 모양. 동화東華 티끌세상.

바다를 못 만난 큰 물고기 自笑 10-5

뻣뻣하면 세상 살기 어려움을 깊이 아니
광대들 무리 지어 선비 관冠을 비웃는다.
열정은 하나 없이 월급이나 다투고
비굴한 빛 짓지 않고 높은 관리 섬긴다네.
붉은 살구 동산에서 술자리나 가지면서
푸른 이끼 골목에서 책을 안고 보는구나.
배 삼킬 큰 고기가 큰 바다를 못 만나니
낚시 물어 낚싯대에 올라오기 일쑤라네.

骯髒深知涉世難　　俳優叢集笑儒冠
都無熱肺爭微祿　　未作卑顔事達官
紅杏園林留酒飲　　綠苔門巷抱書看
吞舟不遇瀛溟水　　容易含鉤上竹竿

조정의 벼슬아치들은 내 보기에 광대 같다. 가슴에 뜨거운 열정은 하나도 없으면서, 월급에만 눈독을 들인다. 불의는 참아도 불이익은 절대로 못 참는다. 겉으로 고상한 척해도 상관에게 하는 아첨을 보면 고단수다. 유관儒冠을 쓴 고상한 선비의 꼿꼿한 범절은 그들 앞에서 배겨날 수가 없다. 날마다 술잔 속에 하루해가 저물고, 제법 책도 읽는 체한다. 내가 큰 포부를 품었다 한들 무슨 소용이 있겠는가. 큰물을 못 만난 채 좁은 못을 이리저리 맴돌다 고작 작은 미끼에 걸려 땅바닥에 내동댕이쳐진 덩치만 큰 물고기 신세.

항장亢髒 뻣뻣하여 타협하지 않는 모양. 섭세涉世 세상을 건너감. 총집叢集 무리 지어 모이다. 열폐熱肺 뜨거운 마음. 충심과 열정. 비안卑顏 비굴한 낯빛. 탄주呑舟 배를 한입에 삼킬 정도로 큰 물고기. 함구含鉤 낚싯바늘을 물다.

술이나 마시자 自笑 10-6

금화金華와 옥서玉署의 티끌 인연 풀고 나니
초수茗水와 종산鍾山의 흥취만 아련하다.
며느리 불러 뽕나무 밭 더 넓히라 얘기하고
자식에겐 채마밭을 가꾸게 하였었네.
하늘은 청복淸福에 너무도 인색하니
거친 땅 개간하여 여러 해를 기다려야.
온갖 일 지금 당장 술 마심만 못한 법
내일 일 생각하면 그게 바로 멍청이라.

金華玉署解塵緣   茗水鍾山興杳然
喚婦夸張桑柘圃   教兒經略菜苽田
天於淸福慳無比   地設荒陬待有年
萬事不如今日飮   思明日事是癡癲

22

벼슬에서 막 쫓겨났을 땐 고향 집 앞 소내苕水와 종산鍾山
에서 강호의 흥취를 마음껏 누리게 된 것을 오히려 기뻐했
다. 며느리에게는 뽕나무 밭을 더 넓힐 의논을 하고, 자식
들과는 채소밭과 참외밭을 일굴 일을 상의했다. 그렇게 남
은 삶을 가뜬하게 건너갈 수 있으려니 싶었다. 하지만 하
늘은 내게 이런 청복淸福을 허락하지 않아, 이 궁벽한 남쪽
땅까지 쓸려 내려왔다. 이곳에서 몇 해를 더 보내야 할지,
아니면 여기서 뼈를 묻어야 할지 알 수가 없다. 내일이 없
는데 어찌 내일 계획을 말하겠는가? 술이나 마시자.

금화옥서金華玉署 조정의 관청. 높은 벼슬. 상자포桑柘圃 뽕나무
밭. 간무비慳無比 비할 수 없을 만큼 째째하다. 황추荒陬 황량
한 모퉁이. 치전癡顚 바보 멍청이.

꿈 깨니 自笑 10-7

답답하고 고달프게 스무 해를 지내다가
꿈속에 조금 얻고, 깨고 보니 간데없네.
사방 퍼진 뜬 이름은 이미 다 지난 자취
외물 모두 스러지고 대머리만 남았구나.
예전엔 고하顧賀 명망 강좌에서 일컫더니
이제와 채릉蔡陵은 농서 땅의 수치라네.
눈앞에서 기구한 생각일랑 하지 말자
구름 가듯 물 흐르듯 내 뜻대로 하리라.

圉圉纍纍二十秋   夢中微獲覺來收
浮名四達已陳跡   外物一空餘禿頭
顧賀昔稱江左望   蔡陵今作隴西羞
眼前莫造崎嶇想   隨意雲行又水流

24

지난 20년의 세월도 따지고 보면 답답함의 연속이었다. 꿈속에 무언가 쥐었나 싶었는데, 깨고 보면 아무것도 없는 그런 시간이었다. 머리털은 다 빠져서 대머리가 다 될 동안 허망한 뜬 이름만 남았다. 그것이 이제 와서 무슨 소용인가? 예전 임금 앞에 불려갔을 때 자랑이었던 이름이, 이제와 감추고 싶은 부끄러움이 되고 말았다. 가만 앉았노라면 별별 생각이 다 든다. 그만두자. 저 허공 위 구름처럼, 흘러가는 냇물처럼, 그저 흐름 위로 내 몸을 내맡기리라.

어어루루團團欒欒 답답하고 고달픈 모양. 고하顧賀 강좌 지역 사람들이 진晉나라 원제元帝를 따르지 않자, 고영顧榮과 하순賀循 두 사람을 등용했다. 이후 이 지역 사람들이 다투어 귀순해 와 마침내 왕업을 중흥할 수 있었다는 고사. 채릉蔡陵 노魯나라 지역의 땅 이름으로 고사가 있는 듯하나 분명치 않음.

장자의 봄꿈 自笑 10-8

불행히 곤궁해도 곤궁을 안 쫓으리
곤궁을 견뎌냄이 참으로 영웅일세.
재로 변한 한안국韓安國을 그 누가 돌아보리
강 건널 젠 언제나 여마동呂馬童과 만난다네.
은총과 욕됨 모두 장자의 봄꿈이니
어질고 어리석음 두보의 취시가醉詩歌라.
지난밤 바다 위로 부슬부슬 비 오더니
숲 꽃들 나무마다 붉게 온통 피었구나.

不幸窮來莫送窮   固窮眞正是豪雄
成灰孰顧韓安國   臨渡常逢呂馬童
寵辱莊生春夢裏   賢愚杜老醉歌中
海天昨夜霏霏雨   雜沓林花萬樹紅

26

내 비록 곤궁하나 한유韓愈처럼 궁상을 몰아내겠다며 「송궁문送窮文」을 짓지는 않겠다. 그 궁함을 오롯이 받아 그대로 견디겠다. 한안국도 권좌에서 물러나자 일개 옥리에게 치욕을 당했다. 달아나 오강烏江을 건너던 항우는 옛 친구 여마동의 배신으로 죽고 말았다. 지난날의 은총과 지금의 욕됨은 굳이 따져 무엇하리. 장자의 호접몽이려니 하겠다. 보라! 간밤 바다 위에 비가 내려 춥더니, 그 비 맞고 오늘은 꽃이 활짝 피었구나. 인생의 화복도 저와 같은 것이려니.

송궁送窮 궁함을 전송하다.　한안국韓安國 한나라 양효왕梁孝王의 중대부中大夫. 권좌에 있다가 실세하자 옥리獄吏인 전갑田甲이 한안국을 욕했다. 안국이 죽은 재도 다시 불붙는 수가 있다고 하자, 옥리는 불이 붙기만 하면 오줌을 싸버리겠다고 했다.　여마동呂馬童 항우項羽가 패해 오강을 건너려 할 때 항우의 옛 친구 여마동이 왕예王翳에게 저 사람이 바로 항우라고 가르쳐주어 궁지에 몰려 자살하고 말았다.　잡답雜沓 잡다하게 뒤섞인 모양.

낡은 책 일천 권 自笑 10-9

여송呂宋과 과왜瓜哇에서 동쪽으로 자꾸 오니
바람 맞아 불려옴이 쑥대와 흡사하다.
만년에 탕목읍이 장기현 이곳이라
상전벽해 겁을 내는 머리 짧은 늙은일세.
밥상 가득 생선 반찬 박한 녹祿이 아니거니
정원 둘레 솔과 대는 맑은 바람 불어준다.
낡은 책 일천 권을 장차 어디 놓아둘까
구덩이도 평지 같음 바로 네 공인 것을.

呂宋瓜哇東復東　　被風吹轉似飛蓬
晚年湯沐長鬐縣　　小劫滄桑短髮翁
滿案魚蝦非薄祿　　匝園松竹也淸風
破書千卷將何措　　坎窖如夷是汝功

내가 있는 이곳 장기長鬐현은 동쪽의 끝에 있다. 저 서쪽 끝 여송과 과왜 땅에서 오고 또 오고 끝까지 와야 겨우 닿을 곳이다. 바람에 뒹구는 쑥대 덤불처럼 굴러굴러 여기까지 왔다. 나는 이곳이 임금께서 내게 내려주신 탕목읍이려니 여기지만, 검푸른 동해 바다 앞에 서면 문득 겁이 덜컥 난다. 그래도 괜찮다. 밥상에는 생선과 새우가 올라오고, 집 둘레엔 솔숲과 대숲이 둘러 있다. 그뿐인가. 찢어지고 부서졌지만, 천 권의 서책이 내 곁에 있다. 나는 지금 구덩이에 빠졌다. 하지만 평지려니 하고 지낸다. 이런 평상심이 가능한 것은 오로지 독서의 힘이다. 책을 읽으며 허물어지는 마음을 하루하루 다잡는다.

여송과왜呂宋瓜哇 여송은 필리핀 북부에 있는 루손 섬, 과왜는 인도네시아의 자바 섬을 가리킨다. 비봉飛蓬 바람에 불려 날아가는 쑥대 덤불. 탕목湯沐 그 고을에서 거두는 세금으로 목욕 비용에 충당하는 읍이라는 뜻으로, 제후의 사유 영지를 말함. 창상滄桑 푸른 바다가 뽕밭으로 변함. 상전벽해桑田碧海의 줄임 말. 감담坎窞 움푹 파인 구덩이. 예기치 않은 시련을 말함. 여이如夷 평탄한 땅과 같다. 아무렇지도 않다는 뜻.

십 년 전 꿈 自笑 10-10

뭇 사람 입 쇠도 녹임 태모太母에게서 알았거니
여러 주먹 돌팔매질 놀라 의심할 것 없다.
겁이 나 그런 게지 날 미워함 아닐러니
하늘이 한 것인데 그 누구를 한하리오.
북극에 별들은 어제와 똑같은데
서강의 바람 물결 언제나 그치려나.
막다른 길 이 가슴이 좁아질까 염려되어
바닷가 사립문서 우두커니 서 있다네.

衆口銷金太母知   叢拳下石莫驚疑
人方怯耳非憎我   天實爲之欲恨誰
北極星辰如昨日   西江風浪竟何時
窮途只怕胸懷窄   臨海柴門竚立遲

말이 참 무섭다. 유언비어가 한번 돌더니 잠깐 만에 거짓
이 진실로 변한다. 사람들은 아무 의심 없이 돌팔매질부터
한다. 한꺼번에 내게 쏟아지던 비난과 돌팔매질을 원망하
지 않겠다. 변명하지도 않겠다. 그들도 겁이 나 그랬던 것
이지 내가 미워서 그랬겠는가? 하늘 뜻이려니 하겠다. 북
극성은 어제와 같은 자리를 지키고 떠 있다. 서강의 풍랑
은 잠시도 잘 날이 없다. 내가 겪는 시련은 강물 위에 일렁
이는 잔물결일 것이다. 제자리를 벗어나지 않는 북극성이
있는 한, 잔물결에 마음 빼앗기지 않겠다. 저 드넓은 바다
를 보아라. 서강의 풍랑은 그 앞에선 또 아무것도 아니다.
나는 바다의 마음을 배우겠다.

중구삭금衆口鑠金 뭇 사람의 입이 쇠도 녹인다. 유언비어가 난
무하여 없는 사실을 만들어낸다는 의미. 어미가 자식이 큰 죄
를 지었다는 말을 믿지 않다가 세 사람이 거듭 와서 말하자 낯
빛이 크게 변했다는 고사도 있다. 저립지許立遲 한참을 우두커
니 서 있다.

내가 그리는 옛사람 我思古人行

거백옥 我思古人行 3-1

내 그리는 옛사람 거원을 생각노라
지난 잘못 능히 알아 원망조차 없구나.
거원은 49년 잘못됐음 알았지만
나는 십 년 더 젊으니 더욱 바랄 수가 있네.
이제부터 힘을 쏟아 큰 허물이 없게 하리
내 옛 분을 그리다가 건실함이 더해지네.

我思古人思蘧瑗　　能知昨非斯無怨
蘧瑗四十九年非　　我少十年尤可願
自今勉力無大咎　　我思古人行益健

내 나이가 올해로 불혹이다. 불혹인데도 여기저기 미혹되어 쫓겨나 귀양 왔다. 구렁텅이에 굴러떨어지고 나서 지난 삶을 돌아보니, 부끄럽기 짝이 없다. 그래도 고맙다. 거백옥이 나이 50에 깨달은 것을 나는 10년이나 앞당겨 알게 되었으니. 그는 50에 지나온 삶을 송두리째 부정하고 새 삶을 시작했지만, 나는 40에 시작한다. 잘못을 알았으니 되풀이하지 않겠다. 허물을 벗고 더욱 건실해지리라.

거원蘧瑗 춘추春秋 시대 위衛의 대부大夫 거백옥蘧伯玉. 나이 50이 되어 지난 49년간의 삶이 잘못되었음을 깨달았다고 말했다. 이후 50세를 지비知非라 한다.

소무 我思古人行 3-2

내 그리는 옛사람 소무를 생각하네
북해 땅에 갇혀서도 비쩍 마름 면했다지.
소무는 십구 년을 갇혀서 지냈는데
나는 하루와 맞바꾸니 더욱 기이하구나.
이제부터 힘을 쏟아 하늘 조화 보전하리
내 옛 분을 그리다가 번뇌 괴롬 씻었다네.

내가 갇힌 지 10일째 되던 날, 꿈에 한 어른이 나를 꾸짖으며
말했다. "옛날 소무는 19년간을 갇혀 있었는데도 참아 견뎠거
늘, 너는 고작 19일을 갇혀 지내면서 도리어 홀로 번뇌한단 말
이냐?" 꿈을 깨고 나서 지키는 군졸에게 꿈 얘기를 해주었다.
옥에서 나오면서 날짜를 헤아려보니, 과연 19일간 갇혀 있었
다. 지키는 군졸들이 다들 이상하게 여겼다.(余在囚十餘日, 夢一丈
人責之曰: "昔蘇武十九年幽囚, 尙得忍耐. 爾乃十九日在囚, 却自煩惱否?" 夢
覺以語守卒. 及出獄計日, 果十九日在囚. 守卒咸異之.)

我思古人思蘇武　　北海幽囚終免瘦
蘇武一十九年囚　　我以日易尤異數
自今勉力保天和　　我思古人除煩苦

소무는 흉노 땅에 억류된 채 사신의 깃발을 뜯어 먹고 염소 젖을 짜 먹으며 벌판에서 살아남았다. 갖은 회유에도 꿈쩍 않고 버텨냈다. 19년을 그리 살다 돌아왔다. 나는 고작 19일간 감옥에 갇혀 지내면서도 마음을 가누지 못했다. 하루에도 생각이 팥죽 끓듯 했다. 어찌되는 걸까? 죽게 되진 않을까? 저들과 타협할까? 내가 고작 이런 인간인 줄은 전엔 미처 몰랐다. 목숨을 건져 멀리 와 있으니, 소무의 그 침묵의 시간이 새삼스럽다. 그는 19년을 버텼다. 나라고 못하겠는가? 들끓는 원망을 가라앉히고, 내면을 물끄러미 응시하리라.

소무蘇武 한漢 무제武帝 때 흉노匈奴에 사신 갔다가, 억류되어 19년 동안 흉노 땅에서 염소 젖을 짜서 먹고 살았다. 온갖 회유에도 끝까지 절개를 굽히지 않았다. 소제昭帝 즉위 후 흉노와 화친을 맺자 머리가 백발이 된 채 한나라로 돌아왔다. 일역日易 날짜로 맞바꾸다. 소무는 19년을 갇혀 있었지만, 자신은 19일간 갇혀 지냈다는 뜻. 이수異數 기이한 운수.

한유 我思古人行 3-3

내 그리는 옛사람 한유를 생각하네
불교 공격했단 죄로 남쪽 땅에 귀양 갔지.
한유는 팔천여 리 멀리 귀양 갔었지만
그의 천 리 나의 백 리 예와 지금 같지 않네.
이제부터 떠돌이의 슬픔일랑 말을 말자
내 옛 분을 그리다가 그릇이 커지누나.

我思古人思韓愈　　坐攻佛法謫南土
韓愈八千餘里謫　　彼千我百殊今古
自今勿言萍梗悲　　我思古人恢器宇

한유는 불교를 배척하다가 8천 리 밖으로 쫓겨났다. 나는 천주학쟁이로 몰려 800리 밖에 귀양 왔다. 거리로 치면 고작 10분의 1에 불과한데, 투덜거림은 열 배쯤 더했지 싶다. 나 혼자 세상의 불행이란 불행은 다 짊어진 것 같은 표정으로 지냈다. 이 또한 지나가겠지. 그도 견뎠는데, 나라고 못 견딜까? 문제없다, 끄떡없다. 운명아, 덤벼라! 유배지의 골방에서 이렇게 나는 옛사람 중에 나보다 더한 고통을 겪고도 위대한 정신을 드러냈던 위인들을 떠올린다. 그들을 보며 살아갈 힘을 추스른다.

한유韓愈 당唐나라의 문장가. 자는 퇴지退之. 유학儒學을 옹호하고 불교를 배척했다. 헌종憲宗이 사리舍利를 궁중으로 들여오려 하자, 「논불골표論佛骨表」를 올려 불법을 비판하다가 8천 리 떨어진 조주 자사潮州刺史로 좌천되었다. 피천아백彼千我百 저는 천 리인데 나는 백 리다. 서울서 장기長鬐까지의 거리가 800리였으므로, 한유의 8천 리에 빗대어 아무것도 아니라는 뜻으로 말한 것임. 평경萍梗 부평초와 나무로 깎은 인형. 정처 없이 떠다님의 비유. 회恢 넓어지다. 시원스러워지다.

사물에서 나를 보다 古詩二十七首
십 년 전 꿈 古詩 27-1

십 년 전 편안히 살던 그때는
십 년간 할 일을 생각했었지.
나고 듦에 도리를 헤아리면서
전원에서 자리를 정돈했었네.
하나하나 차근차근 조리가 있어
한밤에는 기뻐서 잠도 안 왔지.
금년에 한 계획이 잘못되더니
이듬해 한 가지 일 맞닥뜨렸네.
떠다니는 구름마냥 모두 바뀌어
괴이한 일 생각잖게 벌어졌었지.
하수 바둑 고수와 상대하려니
비밀스런 속임수 알 수 없었지.
넋이 빠져 응수할 겨를도 없어
멍하니 술에 흠뻑 어리 취한 듯.
예로부터 어질고 지혜론 이들
그 때문에 고꾸라져 넘어졌다네.

安坐十年前　　商量十年事
行藏與道揆　　田園整位置
鑿鑿有條理　　中宵欣不寐
今年一計誤　　明年一事値
變幻如浮雲　　神怪出不意

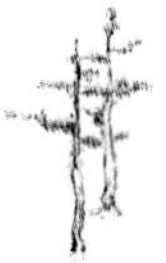

拙棋對高手　安能測詭秘
恍忽未暇應　瞢騰似沈醉
自古賢達人　以玆逢顚躓

내게도 하루하루 최선을 다하며 미래의 계획을 세우던 때가 있었다. 하나하나 실행에 옮기고 공부가 쌓여가는 기쁨에 그때는 누워도 가슴이 벅차올라 잠이 오지 않았다. 우주 속에 내가 있었고, 내가 곧 우주였다. 하지만 세상에 나가 품은 포부를 펼치려던 꿈은 야무진 오해였다. 한 가지 일이 어긋나고, 다른 한 일이 뒤틀리더니, 상상 못 할 일들이 눈앞에서 아무렇지도 않게 벌어졌다. 초짜 바둑이 고수에게 여러 점을 접히고도 마음껏 농락당하는 형국이었다고나 할까? 이제 와서 나는 술에 어리 취한 듯 멍하다. 무엇이 옳고 그른지도 판단하지 못하겠다. 내가 어질고 바르다고 말하지는 않겠다. 어쩌면 그 마음이 나를 이 나락 속에 빠뜨린 것은 아니었는지 모르겠다. 내 꿈은 어디 갔나? 가슴이 벅차 잠 못 들던 그날들은 정녕 꿈이었나?

행장行藏 세상에 나가고 숨음. 착착鑿鑿 차근차근 조리가 있는 모양. 졸기拙棋 못 두는 바둑. 궤비詭秘 몰래 속이다. 몽등瞢騰 멍하게 있는 모양. 전지顚躓 고꾸라져 넘어지다

진 꽃 古詩 27-2

좋은 꽃 흐드러져 어여쁠 때는
누군들 꽃이 되고 싶지 않을까.
시들어 땅 위로 뚝 떨어지면
잡풀의 싹만도 못하게 되지.
서울 와서 이십 년 노니는 동안
몇 집이나 성하고 쇠하였던가.
분명히 내 눈으로 본 일이거니
어디인들 전철前轍이 아니겠는가?
쇠 굄목 진작에 매두지 않고
기름 통만 혼자서 뻐기었었지.
마음대로 다니며 빙빙 돌다가
잠깐 만에 근심 그물 걸려들었네.
어려서 이러함 경계하여서
이 같은 맘 진작부터 멀리해야지.

好花方艶時   誰不願爲花
迫其萎而隕   不如凡草芽
西游二十年   盛衰知幾家
分明在眼前   何處無前車
金柅不蚤繫   膏輠方自夸
翔徊俟其便   轉盱離虞羅
戒之在嬰稚   早使此心遐

핀 꽃은 곱고 진 꽃은 추하다. 진창 속에 진 꽃은 잡초만
도 못하다. 한때 장안의 권세를 독점하며 으르렁거리던 집
안이 잠깐 만에 몰락해 구렁텅이로 빠져든다. 집 밖에 줄
서던 사람들은 간 곳이 없다. 지금 그 자리를 밟고 올라선
사람들, 그들은 또 제 영화가 천년만년 갈 것처럼 군다. 지
난 20년간 내 눈으로 지켜본 집이 열 손가락으로도 꼽을
수가 없다. 그 전철을 내가 밟게 될 줄이야 짐작했으랴. 그
동안 나는 브레이크 없는 수레를 몰았다. 가득 채운 기름
통만 믿었다. 어느 순간 내닫던 수레가 엎어지자, 기다리
고 있던 그물이 순식간에 나를 채 갔다. 나는 왜 내 눈을
믿지 않았을까? 그 일이 왜 내게만은 예외일 거라고 생각
했나? 깨달음은 항상 맨 뒤에 온다.

태迨 미치다. 전거前車 전철前轍과 같은 뜻. 앞서 간 수레바퀴
의 자국. 뒷수레가 앞수레의 자국을 따라가므로, 좋지 않은 선
례의 의미로 씀. 금니金柅 고동목. 쇠로 된 수레바퀴 제동장치.
고와膏鞃 바퀴의 마찰을 줄이기 위해 수레바퀴에 장치한 기름
통. 전면轉眄 잠깐 사이. 눈길 한 번 돌리는 사이.

온 땅 가득 진창인데 갈기 늦게 요동치고
하늘 온통 그물인데 날개 마구 펼친 듯해.
제산齊山에 지는 해를 뉘 묶어 잡아맬까
초수楚水에 바람 치니 마음대로 갈 수 있나.
형제라도 운명이 다 같지는 않은 법
우활하여 물정 모름 혼자서 비웃누나.

희희낙락 古詩 27-3

하늘땅 드넓어 가이 없으니
만물로 능히 다 채울 수 없네.
이 작은 일곱 자 몸뚱이래야
사방 한 자 방이면 살 수가 있지.
아침에 일어나다 머릴 박아도
밤에 누워 무릎을 펼 수가 있네.
작은 곤궁 동정하는 벗이 있지만
큰 곤궁은 돌봐주는 사람이 없네.
희희낙락 들판의 저 백성들은
몸놀림이 어찌 저리 거리낌 없나.

二儀廓無際　　萬物不能實
眇小七尺軀　　可容方丈室
晨興雖打頭　　夕偃猶舒膝
小窮有友憐　　大窮無人恤
熙熙田野氓　　動作何豪逸

44

드넓은 우주에 사람이 차지할 공간은 방 한 칸이면 너끈하
다. 귀양지의 삶이 초라해도 무릎 펴고 잠잘 공간이 주어진
것이 고맙다. 작은 곤경에는 내미는 손길이 있어도, 큰 환
난 앞에서 사람들은 등을 돌린다. 도와줄 엄두가 안 나고,
재기의 희망이 없다고 보는 것이겠지. 친한 벗들도 모두 내
게 등을 돌렸다. 탓할 생각은 없다. 저 들판에서 일하는 농
투성이 백성들을 보라. 힘들어도 그 몸놀림이 활기차 움츠
러듦이 없다. 지금 내가 불행하고 불편한 것은 내 것인 줄
알고 쥐었다가 놓친 것 때문일 터. 원래 가진 것 없는 저들
은 드넓은 천지를 제 집 삼아 구김살 없이 산다. 주눅 들지
않겠다. 남 탓하지 않겠다. 툭 터져 시원해지겠다.

이의二儀 천지天地의 다른 표현. 소소眇小 아주 작다. 보잘것없
다. 희희熙熙 환하게 기뻐하는 모양.

당파 재앙 오래도록 끊이잖으니
이 일은 통곡해도 시원찮구나.
송나라 때 낙당洛黨 촉당蜀黨 그 후예들이
지씨智氏 보씨輔氏 겨레 나눔 듣지 못했네.
기운 다퉈 타고난 양심을 잃고
티끌만 한 트집 잡아 마구 죽이지.
양들이야 죽어도 울지 못하나
승냥이 범 눈알을 부라린다네.
높은 자는 기계 돌려 운전을 하고
낮은 자는 칼과 살촉 숫돌에 간다.
뉘 능히 커다란 잔치 마련해
화려한 집 장막 활짝 펼쳐놓고서,
일천 동이 빚어서 술을 만들고
만 마리 소 잡아서 고기 마련해,
옛 버릇 없애기로 함께 맹서해
화평한 복락을 맞이할거나.

黨禍久未已　此事堪痛哭
未聞洛蜀裔　遂別智輔族
爭氣翳天良　纖芥恣殺戮
羔羊死不號　豺虎尙怒目
尊者運機牙　卑者礪鋒鏃
誰能辦大宴　帟幕張華屋
千甕釀爲酒　萬牛臠爲肉
同盟革舊染　以徼和平福

예전에도 당파黨派는 있었다. 당파 없는 정치는 없다. 당
파가 있고 없고가 중요한 것이 아니라, 당파를 세워 하고
자 하는 마음자리가 문제다. 제 무리의 이익을 위해 남을
해치고 국가를 혼란에 빠뜨리는 당파가 있고, 나라를 위
해 서로 다른 생각을 견제하고 조율해서 질서를 만들어내
는 당파가 있다. 당파가 하는 일을 보면 그 나라의 정치를
알 수가 있다. 송나라 때는 서로 다퉈 나아졌는데, 우리
는 맨날 싸워 헐고 뜯고 죽이기만 한다. 나라는 안중에 없
고, 임금도 눈에 안 보인다. 동서남북으로 갈려 싸우고, 사
농공상士農工商으로 나뉘어 차별한다. 그런 사람 잡는 공부
는 해서 뭣하나. 이제라도 안 늦었다. 대화합의 잔치를 한
번 열어보자. 엄청나게 큰 마당에 1천 동이의 술을 담가놓
고, 1만 마리의 소를 잡아 안주로 한다. 다시는 서로 헐뜯
고 죽이기 없기로, 진심으로 나라를 위해 건강하게 비판하
고 화합하여 화평의 길로 나아가기로 함께 모여 맹세하자.
이후로 싸움박질하는 인간은 사람 취급 않기로 공개적으
로 다짐하고 선언하는 자리를 마련해보자.

낙촉洛蜀 송나라 철종哲宗 때 낙양洛陽의 정이程頤가 주축이 된
낙당洛黨, 촉蜀의 소식蘇軾을 필두로 한 촉당蜀黨, 삭방朔方의 유
지劉摯를 앞에 내세운 삭당朔黨이 있어 원우삼당元祐三黨이라 했
다. 이들은 당은 달랐어도 서로 힘을 합쳐 임금을 보필해 원우
지치元祐之治로 일컬어지는 성대를 일궈냈다.   지보족智輔族 지
씨智氏와 보씨輔氏는 전국戰國 시대 진晉의 공족公族이었다. 원우
삼당이 당파로 나뉘어 있었지만, 이들이 당파를 이용해 집안
의 사욕을 채우는 패거리를 지었다는 말은 들어보지 못했다는
뜻. 당파가 문제가 아니라, 당파로 나뉘어 다투는 내용이 문제
라는 의미.   섬개纖芥 아주 작은 검불. 사소한 트집.   기아機牙
톱니바퀴로 맞물려 구동되는 기계장치. 보이지 않는 곳에서 조
종한다는 의미.   역막帟幕 천막.   요徼 맞이하다.

흰 구름 古詩 27-5

흰 구름 산마루에 피어오르니
처음엔 마치도 모란꽃인 듯.
갑자기 묏부리의 모양 짓더니
아슬아슬 우레를 감추었구나.
뭉게뭉게 푸른 하늘 가득 채우자
기이한 빛 온 세상에 가득 비춘다.
너무도 아름다워 아낄만 한데
바람이 불어가니 어이할거나.
별자리는 얽혀 있는 궤도가 있고
초목은 뿌리와 싹이 있다네.
너 능히 못 머묾을 생각하자니
내 능히 기나긴 탄식 하노라.

白雲出東嶺	初如牧丹花
轉作峯巒勢	硨砆藏雷車
溶溶滿碧虛	奇光照邐迤
豈不美可愛	風吹當奈何
星曜有躔絡	草木有根芽
念汝不能住	使我長咨嗟

산마루 너머에서 구름이 피어난다. 몽실몽실 피어나는 모란꽃 같다. 그러다간 문득 뻗쳐 산 모양이 된다. 우레라도 꽝 내리칠 기세다. 뭉게뭉게 피어올라 하늘을 뒤덮자, 구름 사이로 비치는 햇살에 기이한 광채가 어린다. 그 고운 광경을 넋 놓고 보는데, 바람이 불어와 구름 모양을 흩는다. 저 아름다운 구름이 늘 제자리를 지키고 있으면 얼마나 좋을까? 별자리는 일정한 궤도를 돌고, 초목은 땅에 뿌리를 박고 하늘을 향해 손을 벌린다. 구름은 고와도 잠깐뿐이다. 머물지 못하고 금세 흩어지고 만다. 나는 구름의 운명을 슬퍼한다. 나는 구름이다.

율올岉矹 위태로운 모양. 용용溶溶 구름이 성대하게 피어나는 모양. 이하邇遐 멀고 가까움. 온통 모두. 전락躔絡 궤도에 따라 움직임. 자차咨嗟 탄식하다.

연못 고기 古詩 27-6

연못 속 발랄하게 뛰노는 고기
기운차게 못 속을 헤엄치누나.
연잎의 사이로 장난치면서
뻐끔대고 모이 먹고 멋대로였지.
마음 고쳐 먼 데까지 노닐 생각에
물길 따라 큰 바다로 들어갔다네.
바다 보며 향하여 갈 곳 잃으니
큰 물결에 넋이 자주 놀라곤 했지.
겨우겨우 교룡 악어 피하였는데
마침내 커다란 고래 만났네.
고래가 들이마셔 죽은 몸 됐다
고래가 내뿜어서 살아났다네.
언제나 옛 살던 못 그리워하며
시름시름 걱정만 가득하였지.
신룡이 이 물고기 슬피 여겨서
우레 비로 때마침 소릴 내누나.

撥剌池中魚   撥剌池中行
游戲蓮葉間   呷唼常適情
矯然思遠游   隨流入滄瀛
望洋迷所向   蕩潏魂屢驚
崎嶇避蛟鰐   至竟値長鯨

條鯨吸而死　　忽鯨歠而生
耿耿思故池　　囷囷憂心縈
神龍哀此魚　　雷雨會有聲

예전 못 속에서 동무들과 놀 때가 좋았다. 비가 오면 물
위로 입을 뻐끔대며 빗방울과 놀고, 모이를 던져주면 신이
나서 그것을 받아먹었다. 그러다가 갑자기 답답한 마음이
들었다. 저 시내를 따라가면 무엇이 나올까? 산속 좁은 연
못은 너무 답답해, 못을 뛰쳐나가 시내를 따라 강을 지나
바다로 갔다. 바다는 너무 넓어 방향조차 가늠할 수가 없
었다. 시작도 끝도 없고, 교룡과 악어, 고래가 호시탐탐 목
숨을 노렸다. 고래에게 걸려 거의 죽었다가 운 좋게 살아
났다. 이제 돌아갈 수 없는 먼 바다로 흘러나와 전전긍긍
처음 떠나온 그 연못의 평화를 그리워한다. 그땐 그렇게
답답했는데, 그곳은 나의 유토피아였다. 신룡이시여! 나를
불쌍히 여겨, 옛 연못으로 데려가주소서. 저 우레 비를 타
고 옛 고향 연못으로 돌아가고 싶습니다.

발랄潑剌 물고기가 물 위로 뛰어오르며 생기 있게 뛰노는 모양.
합삽呷唼 물을 뻐끔대고 모이를 먹는 모양. 탕휼盪潏 휩쓸어버
릴 듯 흐르는 큰 물결. 숙倏 재빨리. 잠깐 만에.

부평초 古詩 27-7

온갖 풀 뿌리가 모두 있건만
부평초 혼자만 꼭지가 없네.
둥실둥실 물 위를 돌아다니며
언제나 바람에 끌려다니지.
비록 다만 생기는 붙어 있어도
목숨 부침 참으로 보잘것없네.
연잎은 너무도 업신여기고
마름 떼도 또한 서로 덮어 가리네.
한 연못 가운데서 같이 살면서
어이 이리 괴로이 사납게 구나.

百草皆有根　浮萍獨無蔕
汎汎水上行　常爲風所曳
生意雖不泯　寄命良瑣細
蓮葉太凌藉　荇帶亦交蔽
同生一池中　何乃苦相戾

54

뿌리 없이 바람 따라 이리저리 떠다닌다. 살아도 산 목숨
이 아니다. 여기저기 기웃대며 목숨을 부지한다. 커다란
연잎 곁에 서면 부끄러워 죽고 싶다. 줄기를 쭉쭉 뻗어가는
마름은 노골적으로 나를 경멸한다. 뿌리내리지 못하는 삶
은 한 연못 안에서조차 겉돌고 멸시당하며 구차하다. 나는
부평초다. 바람 따라 산다. 뿌리 없는 떠돌이다.

부평浮萍 개구리밥. 물 위를 떠다니는 부유식물. 범범汎汎 물
위를 떠다니는 모습. 쇄세瑣細 잗다라 보잘것없는 모습. 능자
凌藉 함부로 업신여기는 모양. 행대荇帶 줄기 번식을 하는 띠모
양의 마름.

제비 古詩 27-8

제비가 처음으로 날아오더니
지지배배 쉬지 않고 조잘대누나.
말뜻이야 비록 분명찮아도
집 없는 근심을 호소하는 듯.
느릅나무 홰나무는 구멍 많은데
어째서 이곳엔 살지를 않니.
제비가 지지배배 다시 떠들며
흡사 마치 내 말에 대꾸하는 듯.
느릅나무 구멍은 황새가 쪼고
홰나무 구멍엔 뱀이 온대요.

鷰子初來時   喃喃語不休
語意雖未明   似訴無家愁
楡槐老多穴   何不此淹留
燕子復喃喃   似與人語酬
楡穴鸛來啄   槐穴蛇來搜

56

강남 갔던 제비가 막 돌아왔다. 지지배배 지지배배, 저 왔
어요, 또 왔어요 하며 쉴 새 없이 조잘댄다. 여기에 집 짓
고 살래요. 허락해주세요. 그래도 되죠? 요 녀석 제비야!
왜 굳이 내 집에 와서 집을 지으려 드는 게지? 느릅나무
둥치에는 집 지을 만한 구멍도 많은데 어째서 거기엔 집을
안 짓고, 자꾸 내 집 처마 밑에서 시끄럽게 구는 게냐? 그
걸 제가 왜 몰라요? 하지만 느릅나무 구멍에는 황새가 쪼
아대고, 홰나무 구멍엔 뱀이 자주 찾아들죠. 그래도 사람
만은 우리를 안 해치니, 집 짓기 괴로워도 여기가 더 좋아
요. 저를 받아주세요! 집 짓게 해주세요! 집 짓자고 애걸
하는 제비 신세나, 유배지에서 겉도는 내 신세나 다를 게
없다. 그래 집 짓거라. 동무 삼아 살자.

남남喃喃 제비가 지저귀는 소리.   유괴楡槐 느릅나무와 홰나무.
엄류淹留 떠나지 않고 머물다.   관鸛 황새.

대나무 古詩 27-9

뜨락의 대나무 무성도 한데
절개 닦아 담백함 빼어나구나.
시골 사람 대나무를 우습게 알아
대를 베어 밭 울타리 만드는구나.
네 진실로 북방에서 태어났다면
사람들이 너를 어이 애호 않으랴.
잎 하나 떨어질까 걱정되어서
갔다간 다시 와서 살펴보련만.

冉冉園中竹   修節擢澹素
土人不重竹   伐竹爲樊圃
苟汝生北方   豈不人愛護
一葉疑有損   旣去復來顧

남쪽 땅엔 대나무가 흔해 사람들이 나무 대접도 해주지 않는다. 성가신 잡목 취급을 한다. 곧은 절개가 있고, 안에 들어찬 욕심도 없다. 맑은 이슬을 먹고 자란다. 사람으로 쳐서 이만 한 군자가 없다. 만일 대나무가 북쪽에서 났다면 대접이 이렇지는 않았을 게다. 애지중지 아낌을 받아 사랑을 독차지했을 게다. 인재를 못 알아보고, 고작 밭 울타리로나 쓰이는 대나무가 안쓰럽다. 제자리를 못 찾아 제 대접을 못 받는 대나무가 민망하다.

염염冉冉 무성하게 우거진 모양. 탁擢 빼어나다. 우뚝하다. 번포樊圃 채마밭의 울타리.

험한 파도 古詩 27-10

바닷가 장사꾼들 큰 이익 노려
험난한 파도를 피하질 않네.
앞길에 솟구쳐 날 수 있다면
영해 땅 귀양살이 왜 사양할까.
탄핵문은 살벌하기 서리 같아도
바른 기운 위협 불길 넘노는도다.
숲 아래 지혜로운 눈길 있으니
속셈을 어이 능히 가릴 수 있나.

海賈射重利　　不避風濤險
前程有騰驤　　安辭嶺海貶
彈文凜如霜　　正氣凌威燄
林下有慧眼　　肝肺何能掩

큰 이익을 낼 수만 있다면 장사꾼은 목숨을 담보로 큰 바다에 배를 띄운다. 당장의 고통쯤은 장차의 넉넉한 삶을 위한 투자일 뿐이다. 많은 수익이 보장되는데 그까짓 위험이 대수겠는가? 언젠가 떨쳐 돌아가 가슴속에 묻어둔 포부를 펼칠 수만 있다면 지금의 이깟 고통쯤이야 기쁘게 견뎌낼 수 있겠지. 하지만 그런 희망은 이제 다 접었다. 죽이자고 달려드는 탄핵문의 살벌한 논조 앞에서도 나는 오히려 담담하다. 내게 깃든 정기正氣의 힘을 나는 믿는다. 저들의 위세와 노여움이 불꽃같아도 내 정신의 뼈대를 꺾을 수는 없다. 게다가 저 숲 속의 지혜자들은 모두 시비의 진실을 알고 있다. 누구나 빤히 아는 진실, 저들만 외면하는 시비, 이런 것은 눈 가리고 아웅 할 수 있는 것이 아니다. 나는 꺾이지 않는다. 자! 덤벼라.

등저騰翥 솟구쳐 날아오르다. 안사安辭 어찌 사양하겠는가?

파초 古詩 27-11

뜨락에 초록빛 파초 있는데
잎 펴면 광채 어이 그리 고운지.
유초乳蕉는 가을 되면 따서 거두고
봉미鳳尾는 바람 맞아 흔들리누나.
아침 되면 한 송이 꽃 토해내지만
못생긴 자태 차마 봐줄 수 없네.
만물은 저마다 장점 있는 법
뿔 어금니 어이 능히 둘 다 가지랴.
벼슬아치 시 짓기도 좋아한다면
무엇으로 궁천窮賤을 대우하리오.

庭心綠芭蕉   展葉何光絢
牛乳待秋摘   鳳尾含風轉
朝來吐一花   陋恣不堪見
萬物各一美   齒角寧得擅
達官好作詩   何以待窮賤

62

마당 가운데 심은 파초 잎이 이들이들하다. 우유초도 있
고, 봉미초도 기른다. 그 커다랗고 잘생긴 잎 사이로 오늘
아침 꽃이 피었다. 차마 봐줄 수 없으리만큼 못났다. 여기
서 나는 문득 깨닫는다. 뿔 있는 소는 윗니가 없다. 송곳니
가 날카로운 범은 뿔이 없다. 색깔 고운 꽃은 향기가 없고,
향기 좋은 꽃은 빛깔이 밉다. 그러니 공평하다. 이것이 나으
면 저것이 부족하고, 이쪽에 특장이 있으면 저편은 모자라
게 마련이다. 잎 잘난 파초가 꽃까지 고우면 어찌 감당하겠
는가? 높은 벼슬아치가 시인의 운치까지 갖추고 있다면, 저
뒷골목에서 가난과 천대 속에 괴로이 읊조리는 시인들이
설 땅은 대체 어디란 말인가? 한때 잘나가다가 이제 나는
유배 죄인의 신세로 산다. 감수하겠다. 득의의 세월만 계속
누릴 수는 없지 않은가? 뿔 달린 짐승이 날카로운 윗니로
남의 고기까지 뜯자고 한대서야 될 법이나 한가?

정심庭心 뜨락 한가운데. 광현光絢 빛이 현란함. 우유牛乳 파
초의 일종. 우유초牛乳蕉. 닭알만 한 씨알이 소 젖처럼 생겼다.
봉미鳳尾 파초의 일종. 상록 식물. 여름에 꽃이 핀다. 홑꽃에 화
피花被도 없어 꽃 모양이 볼품없다. 득천得擅 멋대로 하다.

성쇠 古詩 27-12

이상하다 융경隆慶·만력萬曆 시절의 시는
마르고 껄끄럽기 고목枯木과 같네.
원굉도袁宏道, 서위徐渭, 이반룡李攀龍을 깔아뭉개며
마치 제 하인인 양 욕을 해댔지.
청인이 또 한 번 바꿔놓으매
어여뻐 뼈와 살이 알맞았다네.
우뚝 굳센 자태야 비록 없어도
오히려 함축 있음 능하였었지.
성쇠는 세상 운수 따라가는 법
봄날은 따뜻하고 가을은 춥네.

異哉隆萬詩   枯澁如槁木
袁徐轢雪樓   罵詈如奴僕
淸人又一變   嫩艷勻骨肉
雖乏崛强態   猶能有涵蓄
盛衰隨世運   春溫必秋肅

이반룡은 문필진한文必秦漢, 시필성당詩必盛唐을 내세우며 제 문호를 열었다. 문장은 선진양한先秦兩漢을 배워야만 하고, 시는 성당盛唐을 본받지 않으면 안 된다. 그는 후학들에게 아예 진한 이후의 문장과 성당 이래의 시는 보지도 읽지도 못하게 했다. 그렇게 하면 결국 제 문학의 설 곳은 어디란 말인가? 그래서 원굉도와 서위 등이 불구격투不拘格套, 독서성령獨抒性靈의 문학 주장으로 반기를 들었다. 우리는 일체의 투식을 거부한다. 이미 만들어진 것에 얽매이지 않는다. 다만 내 가슴속에 피어나는 성령의 목소리를 펼치겠다. 이 두 주장이 한바탕 부딪친 뒤, 명말 이후 섬세한 생활 정감을 포착해내는 경릉파竟陵派의 문학 주장이 대두하면서 문단은 또 한 번 변한다. 전처럼 기운찬 굳센 풍격은 찾아볼 수 없지만, 행간의 함축은 더 넉넉해졌다. 문학의 변화는 세상 운수를 그대로 반영한다. 따뜻한 봄날은 어느덧 서늘한 가을로 바뀐다. 봄날이 가을 같고, 가을이 봄 같으면 무슨 재민가? 봄날은 꽃을 피우고, 가을날엔 열매가 익는다. 역할이 다르다. 문학은 옳고 그름의 문제가 아니다. 봄은 옳고 가을이 그른 법이 없는 것처럼.

융만隆萬 명明 말엽 융경隆慶·만력萬曆 시절. 명 목종穆宗과 신종神宗의 연호. 고삽枯澁 비쩍 마르고 껄끄럽다. 원서袁徐 명말의 문장가 원굉도袁宏道와 서위徐渭. 설루雪樓 명 중기 문인 이반룡李攀龍의 호. 눈염嫩艶 여리고 고운 모양.

올빼미 古詩 27-13

올빼미 한밤중에 날아가는데
빠르기가 바람 만난 고니와 같네.
공변된 이치는 속일 수 없고
통달한 도리는 서로 통하지.
친구를 팔아먹는 인간 중에는
충성으로 임금 섬긴 신하 없다네.
막야검 예리하여 쇠를 삼키고
금잠충金蠶蟲은 멋대로 벌레를 먹지.
섶을 비록 산처럼 쌓아둔대도
어이 능히 허공을 사르겠는가?

茅鴟中夜飛　　翼若鴻遇風
公理不可誣　　達道皆相通
未有賣友人　　猶能事君忠
鏌鋣利食鐵　　金蠶恣啗蟲
抱薪雖如山　　何能焚太空

66

흰 얼굴의 올빼미가 밤중에 휙 날아간다. 눈 깜짝할 사이
에 시야에서 멀어졌다. 올빼미는 불길하다. 집에 올빼미가
날아들면 주인이 죽는다는 속신이 있다. 저 불길한 짐승
이 내 주변을 맴돈다. 하지만 공변된 이치를 나는 믿는다.
툭 터진 도리의 힘을 나는 신뢰한다. 한때 벗이었던 나를
팔아 명리를 얻은 인간들, 그들에게 충성을 기대할 수 있
을까? 신의 없는 충성은 들어본 적이 없다. 저들의 음모는
막야검의 칼끝보다 예리하다. 저들의 간특함은 금잠충만
큼이나 음흉하다. 그래도 어림없다. 섶으로 허공을 태우는
법이 있던가? 세상에 공도公道가 행해지는 한, 올빼미와 막
야검과 금잠충이 한꺼번에 달려들어도 나는 *끄떡없다.*

모치茅鵄 올빼미의 일종. 고양이 머리에 깃털이 희다. 막야鏌鋣
오吳나라에 있었다는 전설적 보검寶劍의 이름. 금잠金蠶 독충
毒蟲의 이름. 사람의 배 속에 들어가 오장육부를 갉아 먹는다
는 벌레.

달구경 古詩 27-14

벗이여 달빛 아래 술 마시려면
오늘 밤 저 달을 놓치지 말게.
만약 다시 내일을 기다린다면
뜬구름이 바다에서 일어날 걸세.
만약 다시 내일을 기다린다면
둥근 달빛 하마 이미 이지러지리.

友欲月下飮   勿放今夜月
若復待來日   浮雲起溟渤
若復待來日   圓光已虧缺

여보게! 달빛 아래 술 한잔 하고 싶은가? 지금 당장 자리를 박차고 벌떡 일어서게나. '다음에'나 '언제 한번'은 없는 걸세. 달빛이 곱거든 그 자리에서 그대로 일어서야 하네. 함께할 벗이 없다고, 준비된 좋은 술이 없다고 내일로 미루지 말게. 오늘 저 달을 그저 보내고 나면 내일은 갑작스런 먹구름이 달빛을 가릴 걸세. 또 하루를 미뤄 날씨 좋고, 벗도 오고, 술도 갖추면 뭘 하겠는가. 그땐 이미 달빛이 보름에서 멀어진 것을. 언제나 지금 여기가 중요할 뿐이라네. 미루지 말게. 다음번은 없네. 일기일회一期一會, 카르페 디엠!

명발溟渤 아득히 넓은 바다. 창해滄海.   휴결虧缺 이지러지다.

속내 古詩 27-15

무늬 표범 숲 속에 엎드려 있자
까막까치 나무 위서 우짖어댄다.
긴 뱀이 울타리에 걸쳐 있으니
참새 떼 시끄럽게 알려주누나.
개백정이 올가미를 들고 지나면
사방에서 뭇 개들이 시끄럽다네.
새 짐승엔 성냄을 감추지 못해
알아챔이 참으로 귀신과 같지.
포학한 속내는 드러나는 법
어린 백성 어이해 속이겠는가.
사덕四德이 비록 모두 아름다워도
군자는 늘 인仁을 앞세운다네.
산 풀도 오히려 안 밟는다니
저 기린 참으로 훌륭하구나.

文豹伏林中   烏鵲樹頭嗔
長蛇掛籬間   瓦雀噪報人
狗屠帶索過   群吠鬧四隣
禽獸不藏怒   其知乃如神
內虐必外著   何以欺愚民
四德雖並美   君子每先仁
生草猶不履   賢哉彼麒麟

숲 속에 표범이 웅크리면 나무 위 까막까치가 먼저 시끄럽다. 울타리에 구렁이가 올라앉자 참새 떼가 온통 난리다. 올가미를 든 개백정이 마을에 나타나니 동네 개가 먼저 위협을 느끼고 한꺼번에 짖어댄다. 불온한 기운은 귀신같이 전염된다. 나쁜 생각은 누가 먼저랄 것 없이 알아챈다. 남을 해코지하는 마음, 음험한 속내는 아무리 감춰도 드러나게 마련이다. 참새 떼도 알고 까막까치도 알고, 동네 개도 다 아는 것을 어리석은 백성이라 해서 모를 리가 있는가? 입만 열면 인의예지를 되뇌면서, 속으로는 남을 거꾸러뜨리지 못해 저렇게 안달들이다. 군자는 사덕四德 중에서도 인仁을 늘 앞세운다고 했다. 그 정신을 이제 와서 어디 가서 찾을까? 살아 있는 것은 풀조차도 밟지 않는다는 저 기린을 보라. 사람의 어젊이 기린만도 못하다.

문표文豹 무늬 있는 표범. 진嗔 시끄럽게 우짖다. 구도狗屠 개 잡는 백정. 내학內虐 내면이 포학함. 사덕四德 사람이 갖추어야 할 네 가지 덕목. 인의예지仁義禮智.

흠집 古詩 27-16

태양이 수정처럼 환히 빛나도
준오가 별처럼 널려 있다네.
밝은 달 저처럼 휘영청 밝아
계수나무 언제나 너울댄다네.
몸 깨끗이 지니자 다짐을 해도
흠집 나면 뉘 장차 없애주려나.
씻어버릴 마음이야 어이 없을까
힘이 약해 은하수를 못 끌어올 뿐.
뉘엿뉘엿 하늘빛 저물어가니
이리저리 서성이며 어이할거나.

太陽赫光晶　　踆烏乃星羅
明月皎如彼　　桂樹長婆娑
潔身雖自勵　　玷汚將誰磨
豈無洗濯志　　弱力莫挽河
冉冉天色暮　　徘徊當奈何

빛나는 태양에는 삼족오의 흑점이 있다. 환한 달빛에는 계수나무 그늘이 드리웠다. 저 검은 점과 어른대는 그늘만 없으면 햇빛과 달빛이 더없이 순수할 텐데 참 아쉽다. 해와 달의 얼룩을 깨끗이 닦아내고 싶어도, 저 은하수 강물을 끌어올 힘과 재간이 내게는 없다. 내 몸의 허물도 다를 것이 없다. 몸가짐을 반듯하게 하려 애써도 공연한 구설에 휘말린다. 옥에 한번 흠이 가면 다시 말끔해질 수가 없다. 누가 나를 위해 내 몸에 난 흠집을 흔적 없이 지워다오. 이러지도 저러지도 못한 채 하루해가 저물어간다. 인생이 기울어간다. 어쩌나 싶어 초조해져서 나는 마음을 못 가눈 채 이리저리 배회한다.

준오踆烏 태양 속에 있다는 세 발 까마귀. 삼족오三足烏. 파사婆娑 그림자가 너울대는 모양. 점오玷汚 옥에 난 흠집이나 오점. 만하挽河 은하수 물을 끌어오다.

뽕나무 古詩 27-17

내 동산에 뽕나무가 한 그루인데
서루書樓 기둥 근처 있어 고약하구나.
어린 종이 그 가지를 잘라버려도
새 가지가 더욱더 무성하다네.
손님이 줄기를 베어버려도
밑동에서 봄 되면 움이 돋는다.
해마다 자르고 베어버려도
해마다 저절로 생겨난다네.
그 고심苦心이 진실로 감동 되길래
북돋워서 자라게끔 내버려뒀지.
지난봄엔 말 먹이는 뽕잎이 되어
아웅다웅 다투는 일 면하였다네.
좋은 나무 마침내 못 버리는 법
가시나무 어이 감히 서로 겨루랴.

吾園一株桑　　苦近書樓楹
小奴剪其枝　　新條益暢榮
舍客伐其鞦　　槎蘗又春萌
年年受剪伐　　年年也自生
苦心良可感　　培壅使其成
前春上馬桑　　免使吳楚爭
良木不終棄　　樲棘敢相嬰

74

공부방 기둥 곁에 바싹 붙어 자라는 뽕나무 한 그루. 벌레
가 자꾸 꼬이고, 시야를 가려 성가시다. 아이를 시켜 밑동
을 잘라내도 금세 또 자라고, 줄기를 베어내도 소용이 없
다. 그렇게 죽이려고 해도 저렇게 살겠다고 애를 쓰니, 죽
이려던 마음이 살겠다는 마음 앞에 갑자기 민망하다. 네
멋대로 커봐라 하고 거름도 주고 흙도 북돋워 줬더니 제법
키가 커서 말에게 먹일 뽕잎이 거기서 다 나왔다. 서로의
영역을 인정해주니, 평화가 찾아왔다. 저는 내게 말먹이용
뽕잎을 제공해주고, 나는 저에게 당당한 제 생명을 구가할
권리를 부여해주었다. 만약 저 나무가 뽕나무가 아니라 가
시나무 잡목이었다면 어떻게든 뿌리째 뽑아 없앴으리라.
나는 네가 쓸모 있는 자질을 타고났으되 바른 자리를 가
려 뿌리 내리지 못한 것을 슬퍼한다. 그럼에도 시련에 주저
앉지 않는 굳센 의지와 타고난 쓰임새로 인해 본연의 성품
을 간직하게 된 것을 기뻐한다. 집 귀퉁이 뽕나무야, 내 너
를 보고 느끼는 것이 참 많다.

사얼槎蘖 나무를 베고 남은 그루터기 밑동.   배옹培壅 거름을
주어 북돋움.   상마상上馬桑 말에게 먹이려고 싣고 다니는 뽕
잎.   오초쟁吳楚爭 오나라와 초나라가 늘 아웅다웅하듯이 살려
는 뽕나무와 없애려는 어린 종의 실랑이가 필요 없게 되었다는
뜻.   이극樲棘 가시가 많은 멧대추나무. 잡목의 의미로 썼다.

자벌레 古詩 27-18

더러운 것 쏟으려면 솥을 엎는 법
자벌레 굽히는 건 펴려 함일세.
악인도 하느님을 섬긴다지만
우리 도는 새로워짐 귀히 여기네.
들리는 명성이야 태산 같은데
가서 보면 진짜 아닌 경우가 많지.
소문은 도올檮杌처럼 흉악했어도
가만 보면 도리어 친할 만하네
청찬은 만 사람 입 필요하지만
훼방은 한 입에서 말미암는 법.
근심 기쁨 경솔하게 바꾸지 말라
잠깐 만에 티끌과 재가 되나니.

鼎顚利出否   蠖屈本求伸
惡人事上帝   吾道貴自新
聞名若泰山   逼視多非眞
聞名若檮杌   徐察還可親
讚誦待萬口   毁謗由一脣
憂喜勿輕改   轉眼成灰塵

솥에 더러운 것이 들었으면 솥째로 들어내서 엎어야 한다.
자벌레가 제 몸을 굽히는 것은 장차 쭉 펴기 위해서다. 내
가 지금 잔뜩 움츠려 있어도 다시 펼 날이 있을 터. 이 낯
선 환경에서 힘들게 지내는 것도 더러운 것을 쏟아내려 솥
을 엎은 것에 견주련다. 나쁜 사람도 잘못을 뉘우쳐 옳은
길로 돌아선다면 지난날의 허물은 묻지 않는 법이다. 문제
는 어떤 상황에서든 나날이 새로워지는 삶을 살 수 있느냐
에 달렸다. 대단한 명성을 듣고 찾아보니 정작 속물인 경
우가 있고, 들리는 소문은 흉측했는데 알고 보니 참 괜찮
은 사람도 있었다. 하지만 만 사람의 칭찬도 한 사람의 비
방 앞에 속수무책이다. 지금 내 처지가 꼭 그 꼴이다. 그
래도 근심과 기쁨을 함부로 드러내진 않겠다. 상황은 잠깐
만에 문득 바뀌곤 하니까. 다만 그때 내 자세를 생각할 뿐
이다.

정전鼎顚 솥을 뒤엎다.　이출비利出否 비否는 악惡과 같다. 나쁜
것을 배출하기에 편리하다.　확굴蠖屈 자벌레가 몸을 굽히다.
『주역』「계사전繫辭傳」에 "자벌레(尺蠖)가 몸을 구부리는 것은
장차 펴기 위해서이다(尺蠖之屈, 以求伸也)"라 했다.　핍시逼視 가
까이 가서 보다.　도올檮杌 악수惡獸의 이름.

분수 古詩 27-19

만물은 저마다 분수 있으니
힘만으론 운명과 못 맞선다네.
청학은 높은 솔에 둥지를 틀고
참새는 갈대 위에 집을 짓는 법.
참새가 높은 솔에 둥지를 틀면
바람 불어 휩쓸려 부서진다오.
난쟁이는 짧은 옷을 받아야 하니
어이해 울근불근 근심 품을까.
화려한 집 부러울 일 무엇이리오
진창길을 스스로 즐거워하네.

萬物各有分　　力命多不敵
靑鶴巢喬松　　黃雀巢葦荻
黃雀巢喬松　　風吹遭蕩析
僬僥受短襦　　胡爲銜戚戚
藻梲何須慕　　泥塗方自適

저마다 타고난 분수가 있으니, 힘만으론 운명과 맞설 수가 없다. 청학은 높은 솔 위에 살고, 참새는 갈대에 둥지를 얽는다. 제 깜냥도 모르고 참새가 높은 솔 위에 둥지를 틀면 바람을 못 견뎌 날려가버린다. 난쟁이는 짧은 옷이 맞고, 껑다리는 큰 옷이라야 한다. 내 몸에 맞고 안 맞고가 문제지, 크기는 문제가 아니다. 기둥에 화려한 단청으로 꾸민 집을 부러워하지 않겠다. 현재의 이 진흙탕 길이 오히려 편안하다. 나는 난쟁이다. 나는 참새다.

역명力命 힘과 운명. 역량과 운명이 꼭 일치하는 것은 아니라는 의미. 탕석蕩析 바람에 휩쓸려 갈라지다. 초요僬僥 난쟁이. 척척戚戚 근심 겨운 모양. 조절藻梲 동자기둥에 그림을 그려 장식하다. 절梲은 들보 위에 세워 상량을 받치는 동자기둥. 그림을 그려 장식하는 것. 왕공귀인王公貴人의 화려한 거처.

진미공 古詩 27-20

천고 인물 두루 모두 손꼽아봐도
다만 나는 진미공이 되길 원하네.
곤산崑山에다 오두막을 지어두고는
책 속에 파묻혀서 몸 깃들였지.
오월 땅엔 곤궁한 선비가 많아
필묵으로 연마하며 서로 도왔네.
우뚝이 빼어난 비급의 총서
모아 엮어 묶는데 힘 안 들었네.
우산虞山의 풍자를 받긴 했어도
시원스레 해맑은 풍도가 있지.

歷選千古人   但願陳眉公
結廬崑山內   棲身圖史中
吳越多窮儒   筆硯相磨礱
紆餘秘笈書   薈蕞不費功
縱被虞山刺   蕭然有淸風

80

내가 가장 닮고 싶은 사람은 진미공이다. 그는 궁벽진 강
남 땅 곤산 속에 오두막을 짓고 숨어 살았다. 세상의 모든
지식과 금언金言을 체로 쳐서 사금 줍듯 모아, 세상 사람들
이 가슴에 새길 말씀만을 골라낸 명나라 최고의 편집자.
강남 지역의 많은 곤궁한 선비들이 그의 작업에 호응하여
함께 도와 이룩한 그 성대한 사업을 나도 본받고 싶다. 전
겸익 같은 뾰족한 지식인들은 제 말이 없지 않으냐고 진
미공을 비꼬았지만, 나는 그 혼탁한 세상에서 그의 내면
을 훑고 지나가던 맑은 바람 소리를 잠시도 잊은 적이 없
다. 정보가 넘쳐나는 세상에서 정금미옥精金美玉만을 간추
려 찌든 속을 씻겨내고, 다친 마음을 보듬어주던 그 아름
다운 공동작업을 오늘 여기에서 다시금 복원해보고 싶다.

진미공陳眉公 명明나라 때 문인 진계유陳繼儒. 미공眉公은 그의
호. 강남 지역에 살면서 문장으로 이름 높아 당대의 인정이
대단했다. 만년에는 저술에 몰두하여 여러 책에서 간추려 엮
은 편집서를 많이 펴냈다. 『진미공비급陳眉公祕笈』이란 총서叢書
를 남겼다. 마롱磨礱 갈다. 연마하다. 서로를 북돋워 고무시킴.
우여紆餘 재주가 뛰어나고 문장이 활달한 모습. 끊이지 않고 이
어지는 모양. 회최薈蕞 많은 것에서 간추려 정리함. 우산虞山
청淸나라 전겸익錢謙益을 가리킴. 시에 능해 『열조시집列朝詩集』
을 펴냈다. 진계유의 문학적 성취를 혐오하는 언급을 남겼다.

즐거움 古詩 27-21

장저 걸익 따라 하기 너무 어려워
다시금 소운경을 그려본다네.
동산 가꿔 기이한 자취 감추고
외를 팔아 드높은 명성 숨겼지.
참외는 크기가 항아리 같고
물외는 길이가 단지만 하다.
우습구나 장씨 성을 가진 저 사람
옥백玉帛에다 옛 정을 남겨두었지.
온 집안 하룻밤에 도망을 가자
사마駟馬가 차례로 힝힝댔다네.
흰 구름은 어데서고 피어나거니
이 즐거움 그 누구와 다투겠는가.

沮溺邈難企   且憶蘇雲卿
灌園晦奇跡   賣瓜韜高名
甘瓜大如甕   苦瓜長如罌
可笑張氏子   玉帛存故情
盡室一夜逃   駟馬啾交鳴
白雲處處起   此樂誰與爭

나더러 장저와 걸익처럼 살라고 하면 엄두가 안 나 못 하
겠다. 그저 참외 팔아 먹고살던 소운경처럼 사는 것은 할
수 있겠다. 종일 일하고, 일 없는 날은 잠만 자거나 종일
무릎 꿇고 앉아 생각에 잠겼던 사람. 재상이 된 친구 장준
이 큰 재물을 선물해도 거들떠보지 않고 끝내 멀리 달아
나 숨어버린 사람. 그 소운경처럼은 나도 할 수 있을 것 같
다. 나는 흰 구름처럼 살다 가겠다. 세상을 향해 큰 목소
리를 내지 않겠다. 참외 팔아 근근이 살아도 내 마음속의
대자유를 누리며 살겠다. 세상의 권력을 두 손에 움켜쥐
고, 결국 그 안에 제가 갇혀버리는 어리석음은 범하지 않
겠다.

저익沮溺 춘추 시대 초楚나라의 은자 장저長沮와 걸익桀溺. 둘이
밭을 가는데 공자가 제자 자로를 시켜 나루를 묻자 어지러운
세상에 왜 은거하지 않고 천하天下를 돌아다니냐며 나무란 일
이 있다. 소운경蘇雲卿 송宋나라 때 사람. 초막을 짓고 독신으
로 살면서 갈포褐布 옷에 짚신 신고, 외와 짚신을 팔아 생활했
다. 어릴 적 친구 장준張浚이 재상이 되어 많은 폐백을 보내 그
를 청하자 받지 않고 종적을 감추었다.

절인 생선 古詩 27-22

절인 생선 고약한 썩은 내 없고
자벌레는 정해진 색깔이 없다.
잘나가는 집에는 충객忠客 많으니
애모함이 정성에서 나온 것일세.
묻노라 그대 어이 이리하는가
다름 아닌 세력이 부러워서지.
이 사람 사실은 몹시 현명해
높은 문장 큰 덕을 닦은 이라네.
어느새 눈알이 흐릿해져서
제 마음을 저 자신도 알지 못하지.
잘난 이들 골짝처럼 몰리어들고
노래 찬송 하북 땅에 가득하도다.

鮑魚無敗臭　　尺蠖無異色
熱門多忠客　　愛慕由悃愊
問君何爲爾　　無乃羨勢力
斯人實賢明　　高文修大德
眼珠已迷昧　　自心不自識
衆善趨如壑　　謠誦滿河北

푹 절인 생선에서는 썩은 내가 안 난다. 자벌레는 먹는 대로 빛깔이 변한다. 썩지 않는 생선, 자기 빛깔 없는 자벌레, 이는 모두 비판 정신을 상실한 신하의 암유다. 권세 있는 집안에는 충성스런 식객이 차고 넘친다. 그들이 권력자에게 쏟는 애모의 정은 정성이 대단하다. 속셈은 따로 있다. 그가 가진 권력을 조금 나눠 가졌으면 하는 것이겠지. 그도 처음엔 현명하고 글 잘하고 도덕 높은 군자였다. 세상을 건지려는 포부가 대단했다. 권력에 눈이 멀어 소금에 절여지고, 제 빛깔을 버린 뒤로는 눈알은 썩은 동태 눈처럼 흐리멍덩하고, 제 속을 제가 알 수 없게 되었다. 오늘도 권력자의 집 앞에는 내로라하는 재주꾼들이 골짜기로 냇물 몰려들듯 꼬인다. 역적 안녹산을 찬송하는 노래가 하북 땅에 가득하다. 이 노릇을 어찌하나.

포어鮑魚 절인 생선. 제 성질을 버려 길들여진 지식인을 상징한다. 척확尺蠖 자벌레. 『안자춘추晏子春秋』에 "자벌레는 누런 것을 먹으면 몸이 누렇게 되고, 푸른 것을 먹으면 몸이 푸르게 된다"고 했다. 아랫사람은 윗사람 하기에 달렸다는 뜻으로 쓴다. 곤픽悃愊 정성. 안주眼珠 눈동자. 눈알. 하북河北 당 현종 때 안녹산安祿山이 반란을 일으키자 하북 지역이 모두 안녹산에게 투항한 일이 있다.

참새 떼 古詩 27-23

갈바람에 벽오동 잎이 떨어지자
둥지 제비 들보를 하직하누나.
참새 떼 뜨락에 몰리어들고
옛 손님 잊은 듯이 볼 수가 없네.
묻노라 그대여 왜 이러는가
어쩌겠나 염량이 같지 않은 걸.
이 사람 사실은 오만하여서
뭇 비방도 모두 다 소용이 없네.
제 입으로 의리 명예 자부한다며
가만히 남 허물을 까발리누나.
뭇 악들 하류로 흘러가면서
매미처럼 시끄럽게 떠들어댄다.

秋風摧碧梧   巢鷰辭雕梁
鳥雀集門庭   舊客如相忘
問君何爲爾   無乃殊炎涼
斯人實傲妄   衆毀皆滄浪
自辭負義名   微令彼過彰
衆惡歸下流   羣喙如蜩螗

가을바람이 불자 제비는 제 살던 집을 뒤도 안 돌아보고 떠난다. 계절이 바뀐 것이다. 잘나가던 때 집 앞에는 수레와 말이 줄지어 섰었다. 청탁하는 뇌물이 바리바리 들어왔다. 권좌에서 물러나 몰락하고 보니, 내 뜨락을 찾는 것은 참새 떼뿐이다. 아무도 없는 빈 마당을 제 놀이터로 아는 눈치다. 그 많던 사람들은 다 어디로 갔을까? 그날의 영화는 정녕 한바탕 꿈이었나? 어찌 그리 야박하게 구느냐고 옛 문객을 나무라도, 더이상 내게 빨아먹을 단물이 없는 걸 어찌하겠는가? 이제 와서 그 쉬파리들을 욕한들 무슨 소용이 있을까? 내 못난 처신을 탓할밖에. 그들은 남의 손가락질쯤은 아무 거리낌이 없다. '나도 의리와 명예를 아는 사람이다. 전에는 어쩔 수 없이 가까이했지만 내가 아는 그는 야비하고 탐욕스러운 자였다.' 이렇게 자기 변명을 해가면서 저 시궁창 같은 하류로 떠밀려 간다. 나는 다르다고, 나는 괜찮은 사람이라고, 이대로 휩쓸려 갈 수는 없다고 아우성을 치면서.

조량雕梁 조각을 아로새긴 들보. 화려한 집을 말함. 수염량殊炎涼 염량이 달라졌다. 주인의 권세가 예전과 같지 않다는 뜻. 오망傲妄 오만하고 망령됨. 군훼群喙 뭇 사람의 입. 무리의 비방.

얼음과 숯 古詩 27-24

공자께서 사도斯道를 강론하실 때
왕정王政 애기 절반을 차지했었네.
주자께서 여러 차례 올린 글들도
논한 것은 온통 조정 계책이었지.
지금 유자 이치 말함 좋아하여서
정치와 술수 보길 얼음 숯인 듯.
깊이 숨어 감히 밖에 못 나서거니
나왔다간 남들의 노리개 되지.
마침내 경박하고 가벼운 자가
제멋대로 공직을 맡게 된다네.

魯叟講斯道　　王政居其半
晦翁屢抗章　　所論皆廟算
今儒喜談理　　政術若氷炭
深居不敢出　　一出爲人玩
遂令浮薄人　　凌厲任公幹

『논어』에 나오는 이야기는 태반이 현실 정치에 관한 것이다. 주자의 상소문만 봐도 당시 조정 현안에 대한 근심과 건의가 대부분이다. 요즘 유자들이 말하는 거창한 도리나 사변적 논의는 눈을 씻고 찾아봐도 별로 나오지 않는다. 근래의 학자들은 정치나 경제의 일을 입에 올리면 마치 무슨 더러운 얘기라도 들은 듯이 한다. 늘 입에 달고 사는 얘기는 천리天理와 인욕人慾이요, 이기理氣와 심성心性이다. 그들의 사단칠정四端七情과 인의예지仁義禮智는 현실의 삶과는 완전히 따로 노는 구름 속의 고담준론이다. 담론을 위한 담론, 제 자랑을 위한 과시일 뿐 그들 자신의 삶에서도 체화되지 못한다. 그들에게 정치를 맡길 수는 없다. 하는 말이나 하는 짓마다 우스꽝스럽고 현실과는 동떨어진 구름 잡는 소리나 해서 사람들의 배나 잡게 만든다. 그들은 꽁꽁 숨어서 자기들의 언어유희나 즐길 뿐이다. 세상은 더럽고 혼탁하니 도대체 몸담을 곳이 못 된다며 귀거래의 삶을 예찬한다. 결국 세상에는 잡스럽고 경박한 무리들이 판을 치며 세상을 더 어지럽게 만든다. 아! 안타깝다.

노수魯叟 노나라의 노인. 공자孔子를 가리킨다. 사도斯道 유학의 도. 회옹晦翁 송나라 주희朱熹의 별호. 항장抗章 문서로 갖춰 올리는 상서上書. 묘산廟算 종묘 사직과 관련된 논의. 빙탄氷炭 얼음과 숯. 서로 용납되지 않는 관계. 능려凌厲 멋대로 구는 모습.

과거 古詩 27-25

과거 시험 수隋 양제煬帝 때 시작됐는데
그 독이 이 땅까지 이르렀구나.
찬연하다 한 편의 「생원론」이여
무릎 치며 쾌재 한 번 외칠 만하다.
구름과 노을 같은 재주 갖고도
죄다 과거 향했다가 실패하였지.
꾀죄죄 흰머리가 되어서까지
새겨 꾸미는 버릇 못 버린다네.

詞科自隋煬   流毒至洌浿
粲粲生員論   擊節成一快
才俊如霞雲   盡向此中敗
龍鍾到白粉   雕繪猶未懈

과거 시험 공부가 숱한 인재를 망쳤다. 해야 할 공부는 안 하고 쓰레기 같은 공부만 한다. 영롱한 재주를 지닌 젊은 이들이 이 길에 들어서기만 하면 사족을 못 쓰고 버린 인간이 된다. 그저 말하지 않고 꾸며서 말하고, 쓸모는 없이 겉멋만 부린다. 그나마 과거에 급제조차 못 하면 흰머리가 되어서도 집 잃은 개처럼 과거 시험장 주변을 기웃거린다. 인생을 탕진하면서도 부끄러운 줄 모른다. 고염무顧炎武는 「생원론生員論」을 지어 과거의 폐단을 통렬하게 비판했다. 온 세상이 다 생원이 되어야만 끝날 일로 통탄했다. 다산은 이를 받아 「발고정림생원론跋顧亭林生員論」을 썼다. 그는 한수 더 떠서 온 세상 사람을 다 양반으로 만들어버리자고 주장했다. 다 양반이 되면 온 나라에 양반이 없는 것이나 같다. 전 인구를 다 양반으로 만들어버려서 이 더러운 양반 세상을 끝내자.

수양隋煬 수나라 양제. 과거제도를 처음으로 도입했다. 열패洌浿 열수와 패수. 한강과 대동강. 우리나라를 뜻한다. 생원론生員論 청초淸初 고염무가 과거제도의 폐단을 비판한 글. 다산은 다른 글에서도 「생원론」을 극찬한 바 있다. 용종龍鍾 꾀죄죄하여 초라한 모습. 백분白粉 흰 가루를 뿌린 듯이 머리가 셈. 조회雕繪 아로새겨 그리다. 화려하게 꾸밈.

소인 古詩 27-26

소인배들 교묘하게 벼슬 차지해
이런저런 궁리로 밤낮 보낸다.
한 차례 동작조차 이유 있지만
백 가지 일 한 가지도 맞지 않누나.
잘나가는 벗을 따라 꽃구경 가고
채식하며 평소 지킴 과시한다네.
오활한 선비라 생각 부족해
비바람에 쓸데없이 분주하구나.

細人巧爲宦　　揣摩窮夜晝
一動皆有因　　百爲無一偶
看花趁熱友　　喫菜示素守
迂儒少商量　　風雨浪奔走

못난 놈들이 겨우 벼슬 한자리 차지하고 나면 그 자리를 지키자고 못하는 짓이 없다. 밤낮 하는 생각은 어찌해야 윗사람에게 잘 보여 승진할까 하는 궁리뿐이다. 남을 해코지해서라도 내가 잘될 수만 있다면 못 할 짓이 없다. 제 딴에 머리를 굴려 이런저런 수단을 부려봐도 제대로 맞는 것이 하나도 없다. 지위 높은 벗을 좇아 꽃구경도 하고, 일부러 채소 반찬만 손님상에 올려 청빈한 체도 해본다. 능력과 역량을 가지고 인정을 구하는 게 아니라, 꾸밈과 눈가림만으로 수작을 부리려 든다. 저밖에 속는 사람이 없다. 밤낮 궁리가 늘어질수록 인생이 피곤하다. 일은 꼬여만 간다. 세상길이 참 고단하다.

세인細人 소인배. 잗단 사람. 췌마揣摩 따져서 헤아림. 열우熱友 잘나가는 벗. 높은 지위에 있는 벗. 상량商量 생각하다. 헤아리다.

태고풍 古詩 27-27

곤충도 모두들 절 지키느라
발톱 어금니 발굽 뿔, 독을 지녔지.
평안할 때 군대 일을 강구 않으면
적이 와 닿는 족족 무너진다네.
명장은 마치도 송골매 같고
날랜 힘 눈매는 등불 같다네.
뚱뚱한 사내가 단 위에 올라
지장智將이 복장福將만은 못한 게라고.
근래에 듣자니 저 홍이포紅夷砲는
새 제도가 더더욱 잔혹하다지.
가만 앉아 태고풍을 그저 지키며
활 쏘기 숙제 삼아 독려하누나.

昆蟲盡自衛　　爪牙蹄角毒
時平不講兵　　寇來任躒觸
名將如蒼鷹　　驍邁眸如燭
胖夫輒登壇　　云智不如福
近聞紅夷礮　　創制更殘酷
坐守太古風　　弓箭有課督

하찮은 벌레도 제 몸을 지키려고 발톱으로 할퀴고, 어금니로 깨물고, 발굽으로 찬다. 뿔로 받기도 하고, 독으로 상대를 공격하기도 한다. 아무 일 없는 평화 시라도 군대 훈련을 소홀히 하면 안 된다. 불시에 외적이 쳐들어오면 속수무책으로 무너진다. 명장과 지장이 필요한 때에, 군대 일이라고는 하나도 모르는 뚱뚱이가 그 비대한 몸을 끌고 단위에 엉금엉금 오르더니, 고작 한다는 소리가 기막히다. '지장이 아무리 머리를 쓰면 무엇하나. 나처럼 복 있는 장수가 훨씬 나은 법이다. 너희는 아무 걱정 말고 편히 쉬고 놀아라.' 들자니 서양 오랑캐가 만들었다는 홍이포는 위력이 훨씬 더 막강해졌다고 한다. 저들은 놀라운 신식 무기를 갖추고 남의 나라를 삼킬 준비에 혈안이 되어 있는데, 우리는 저런 뚱뚱이들이 아이들 장난처럼 활쏘기 놀이나 하면서 끄떡없다고 큰소리나 친다. 아! 한심하다.

임타촉任墮觸 닿는 족족 무너지도록 내버려두다. 효매驍邁 날래게 힘씀. 불여복不如福 복장福將만 못하다. 지장智將은 지략이 있는 장수. 복장은 운이 좋은 장수. 홍이포紅夷礮 서양 오랑캐가 만든 대포. 과독課督 숙제를 내서 독려하다.

만약 다시 내일을 기다린다면
뜬구름이 바다에서 일어날 걸세.

만약 다시 내일을 기다린다면
둥근 달빛 하마 이미 이지러지리.

홀로 앉아 獨坐二首
하루해 獨坐 2-1

쓸쓸히 여관에서 혼자 앉아 있을 때
대 그늘 꼼짝 않고 하루해도 느릿느릿.
향수가 일어나도 주저 눌러 앉히고
시구가 떠오르면 가만가만 매만지네.
금방 갔다 다시 오는 꾀꼬리 신의롭고
제비는 무슨 생각 조잘대단 입 다문다.
다만 그저 한 가지 일 자꾸 후회되는 것은
소동파 잘못 배워 바둑을 안 익힌 걸세.

旅舘蕭寥獨坐時　　竹陰不動日遲遲
鄕愁欲起須仍壓　　詩句將圓可遂推
乍去復來鶯有信　　方言忽嚅鷰何思
只饒一事堪追悔　　枉學東坡不學棋

1801년 3월 장기長鬐에서 지은 시다. 적막한 귀양지의 여관
방. 늦봄이다. 시간은 고여 움직이지 않는다. 대나무는 미
동조차 없다. 종일 앉아 있자니, 고향 생각 가족들 걱정이
스멀스멀 올라온다. 아니지. 걷잡을 수 없지. 나는 도리질
을 치며 그 생각을 눌러 앉힌다. 생각을 딴 데로 돌려본다.
저 꾀꼬리, 좀 전 그리 신나게 고운 노래를 한 곡 뽑더니,
쏙 사라졌다. 영 안 오나 했는데 금세 또 와서 한 곡 더 뽑
는다. 그래 고맙다. 들보 아래 제비가 시끄럽다. 그러다 문
득 새초롬해져서 말 한마디 않고 한참을 저러고 있다. 이
랬다 저랬다 하는 내 심사 같다. 긴 봄날 고여 있는 시간.
진작 바둑이나 배워두었더라면 심심치나 않았으련만. 심심
한 것이 문제가 아니라, 심심할 때 느닷없이 허를 찔러 들
어오는 향수가 문제다. 아내는 무얼 할까? 딸아이도 많이
컸겠지. 봄 농사는 어찌되어가나? 이런 생각만 하면 나는
바짝바짝 애가 탄다.

소료蕭寥 적막하고 쓸쓸한 모양.   장원將圓 장차 원만해지다.
시구가 잘 엮어지다.   금噤 입 다물고 함구함.   왕학동파枉學東
坡 소동파를 잘못 배우다. 예전 소동파가 「관기觀棋」시 서문에
서 "나는 본래 바둑을 둘 줄 모른다. 한번은 여산廬山의 백학
관白鶴觀에서 혼자 노닐 때 고송古松 아래 흐르는 물가에서 바
둑 두는 소리를 들었다. 마음속으로 매우 기뻤다"고 말한 적이
있다.

봄잠 獨坐 2-2

간드러진 안개 실 적막한 한가운데
봄잠에서 깨난 뒤 들판은 어둑어둑.
산 구름 멀리 나가 마치도 달이 뜬 듯
숲 속 잎들 절로 떨림 바람 탓이 아니라네.
눈길은 녹음방초 향해 가서 머물러도
마음은 마른나무 식은 재와 한가질세.
설령 날 놓아보내 집에 돌아간대도
다만 그저 이런 꼴의 한 늙은이일 뿐이리.

嫋娜煙絲寂歷中   春眠起後野濛濛
山雲遠出强如月   林葉自搖非有風
眼向綠陰芳草注   心將槁木死灰同
縱然放我還家去   只作如斯一老翁

봄잠에서 깨어나면 모든 것이 어리둥절하다. 여기는 어딘가? 나는 왜 여기 있나? 내다봐도 사방이 흐릿해 대답을 주지 않는다. 멀리 나간 산 구름을 보면 달이 떴나 싶다. 저 혼자 흔들리는 잎새들이 내 말귀를 알아들었나도 싶다. 그게 아니지. 정신을 차려야지. 녹음방초 저리 환한데, 내 마음은 마른 고목, 식은 재다. 도대체 무슨 일인가. 나는 꿈속을 유영遊泳한다. 정신이 좀체 돌아오지 않는다. 그리던 집에 간들 무엇 하리. 넋 나간 늙은이를 뉘 다시 돌아볼까. 나는 자꾸 지워져간다. 몽몽濛濛하게 흐려져간다.

요나裊娜 간드러지게 아리따운 모양. 몽몽濛濛 가랑비에 날이 흐릿한 모양. 강强 굳이. 억지로.

둑 위에서 堤上

늦 개인 날을 따라 둑 위를 소요하니
봄 산의 짙푸름이 마음에 흐뭇하다.
물 끌며 노는 오리 꼭 짝지어 다니고
어린 꿩 숲에 엎뎌 이따금씩 한번 운다.
흰 구름 만나서는 혼자 가만 서 있고
꽃다운 풀 문득 보곤 뜬 인생을 생각하네.
산골에서 밭 갈며 숨어 살 날 언제인가
오늘 아침 시든 터럭 벌써 몇 가닥일세.

堤上消搖趁晚晴　　春山濃翠正怡情
浴鳧曳水必雙去　　乳雉伏林時一鳴
偶值白雲成獨立　　忽看芳草感浮生
峽中耕隱知何日　　衰髮今朝已數莖

마음이 헝크러진 오후에는 방죽을 산보한다. 방 안에서 우
중충하던 마음이 연둣빛 신록에 환해진다. 물오리는 제 짝
과 함께 물그림자를 길게 끌며 간다. 그 뒤로 두 그림자가
동심원을 그리며 포개지고. 아직 미숙하지만 제 노래도 한
번 들어달라고 꿩이 운다. 두고 온 아내, 아비 그릴 새끼
생각에 마음 한켠이 아리다. 눈물을 막으려고 고개를 드니
흰 구름이 산마루를 넘는구나. 나도 널 따라 훨훨 떠가고
싶다. 봄 맞아 봄풀은 대책 없이 돋는데, 뿌리내리지 못하
는 뜬 인생이 부끄럽다. 내가 꾸는 꿈은 단순하다. 산골 속
농부로 가족과 함께 욕심 없이 늙는 것. 이룬 것 없이 흰머
리만 느는구나.

진趁 좋다. 따르다. 욕부浴鳧 자맥질하는 오리. 경은耕隱 밭 가
는 은자.

밤 夜

병 낫자 봄바람은 떠나버리고
시름 많아 여름밤은 길기도 하다.
잠깐 잠자리에 들기만 하면
어느새 고향을 그리곤 하지.
불붙이자 솔 그을음 어둑하길래
문 여니 대나무 기운 시원타.
저 멀리 소내 위엔 달이 떠올라
그림자가 서쪽 울을 비치겠구나.

病起春風去　　愁多夏夜長
暫時安枕簟　　忽已戀家鄉
敲火松煤暗　　開門竹氣涼
遙知苕上月　　流影照西墻

앓다 겨우 일어나니 꽃 시절이 다 갔다. 긴 여름밤은 향수
때문에 잠이 토막토막 끊어진다. 더위에 지쳐 잠깐 잠이
들면 나는 어느새 고향 집 문 앞을 서성대고. 도리질을 하
며 관솔불을 붙이니 그을음만 매캐하다. 방문 열면 달빛,
대숲의 청신한 기운! 안 봐도 다 보인다. 이제 막 돋은 달
그림자가 우리 집 서편 담장을 기웃대며 겨우 넘어가는 것
이. 아내도 내 생각에 잠을 못 이룰까? 자다 벌떡 일어나
저 달빛을 함께 볼까? 밤은 참 길다.

침점枕簟 베개와 멍석. 거친 잠자리. 고화敲火 부시를 쳐서 불
을 붙임. 초상苕上 경기도 남양주 여유당 앞을 흐르는 소내(牛
川).

시름을 달래려 遣悶

옅은 그늘 비 긋자 해가 돋아나길래
울을 뚫고 채마밭에 물통을 대었지.
상추 잎 푸를 때 어미 제비 날아가고
겨자 대궁 누른 곳에 장닭이 조는구나.
흙 먹고 사는 백성 즐거움을 어이 알리
우뚝한 군자라면 궁함 한탄 않는다네.
산속에서 김매면서 가계家戒를 짓나니
괴롭게 경전 익힘 가르치지 않으리.

輕陰閣雨日曈曨   小圃穿籬接水筒
蒿葉綠時飛鷰母   芥臺黃處睡鷄翁
野氓食土寧知樂   君子崎人莫恨窮
山裏鋤園作家戒   不敎辛苦一經通

살풋 비가 지나가나 싶더니 그새 햇살이 돌아온다. 울타리 너머 채마밭 쪽으로 대통의 물길을 돌려놓는다. 상추 잎은 이들이들하고, 겨자 대궁은 노랗게 올라온다. 상추 잎에 붙은 벌레를 먹으려 어미 제비가 날아들고, 겨자 대궁 곁에는 장닭이 파수꾼처럼 서서 일없이 존다. 땅 파먹고 사는 무지렁이 백성이야 이 즐거움을 알 턱이 없다. 군자는 다만 상황에 따라 즐거워할 뿐 가난을 한탄해서는 안 된다. 산속에서 김매다가 자식들에게 주는 훈계의 말을 적는다. "세상은 어차피 제멋대로 간다. 괜히 마음만 다칠라. 경전 공부한다고 너무 애쓰지 마라. 남 이기려 들지 말고, 남 해코지도 말고 구슬땀 흘리며 그렇게 살아라. 있는 것 만족하며 그렇게 살아라."

각우閣雨 비가 그치다. 동롱瞳曨 날이 밝아오는 모양. 계옹鷄翁 장닭. 가계家戒 자식에게 주는 훈계. 송나라 때 육유陸游가 「가계家戒」에서 "모름지기 늘 단속함을 더해 유가 경전을 숙독하게 하여 관후寬厚와 공근恭謹으로 가르친다"고 한 내용이 있어 이를 뒤집어 말한 것임.

근심 愁

산 칡은 푸르고 대추 잎 돋아나니
장기 성 바깥은 비해裨海가 거기로다.
바위로 눌러도 근심은 다시 일고
안개인 듯 꿈자리는 언제나 흐릿하다.
늦은 밥 더 먹는 건 맛있어가 아니니
봄옷만 온다 하면 날아갈 듯하겠지.
상념이야 모두가 부질없음 잘 아니
하늘이 칠정 내림 참으로 괴롭구나.

山葛青青棗葉生　　長鬐城外卽裨瀛
愁將石壓猶還起　　夢似煙迷每不明
晚食强加非口悅　　春衣若到可身輕
極知想念都無賴　　良苦皇天賦七情

108

칡넝쿨 푸르고 대추 잎 돋는 봄날, 장기 성 너머 남해 바다를 바라본다. 꾹꾹 눌러둔 근심이 새잎 돋듯 꿈틀꿈틀 돋는다. 꿈길은 저 바다 위 안개인가, 늘 길을 잃고 헤맨다. 배 고프다가 밥을 먹으면 꾸역꾸역 더 먹는다. 맛있어서가 아니라 또 굶을까봐 그렇다. 계절이 바뀌고도 나는 냄새나는 더러운 겨울옷 한 벌뿐이다. 봄옷 한 벌 내려오면 날아갈 듯 가볍겠지. 하루에도 오만 가지 생각들이 그려지다 머물다 종작없이 사라진다. 차라리 아무 감정 없는 돌멩이였으면 좋겠다. 괴물처럼 변하는 생각들이 괴롭구나. 가눌 길 없구나.

비영神瀛 비해神海. 남해의 별칭.　**강가**强加 굳이 더 먹음.　**무뢰**無賴 근거 없다. 기댈 곳이 없다.

흥에 따라 遣興

각자 한쪽 차지한 채 만촉蠻觸이 어지럽다
객창에서 생각자니 눈물만 주룩주룩.
산하는 옹색해서 삼천 리로 막혔건만
비바람에 서로 다툼 이백년 간 일이로다.
무수한 영웅들 길 잃음을 슬퍼하고
형제들 때도 없이 밭 다툼이 부끄럽다.
만곡萬斛의 은하수로 깨끗이 씻어내어
상서론 해 환한 빛을 온 누리에 비췄으면.

蠻觸紛紛各一偏　　客窓深念淚汪然
山河擁塞三千里　　風雨交爭二百年
無限英雄悲失路　　幾時兄弟恥爭田
若將萬斛銀潢洗　　瑞日舒光照八埏

달팽이 뿔 양쪽 끝을 차지하고 만蠻과 촉觸이 싸운다. 죽기 살기로 싸운다. 그 싸움에 새우등 터져 먼 바다 끝 여관방에 웅크리고 앉았자니 기가 막혀 눈물이 난다. 코딱지만 한 3천 리 땅에서 지난 200년간 당쟁이 멎은 날이 없다. 옳고 그름도 없고 의리도 명분도 없는 싸움, 싸워야 하니까 싸우고, 내 편이 아니니까 죽이는 그런 소모적인 싸움을 언제까지 계속해야 하는가? 그 길 위에는 무수한 영웅의 탄식과 한숨이 비명처럼 뒹군다. 그 와중에도 형제는 작은 땅뙈기 놓고서 건곤일척乾坤一擲의 전쟁이 한창이다. 어차피 승자는 없는 싸움이다. 저 은하수 강물을 확 끌어와서 이 더러운 싸움판을 말끔히 쓸어내고 싶다. 깨끗이 씻어낸 온 누리에 상서론 햇빛을 비추고 싶다. 부탁한다. 지저분한 싸움은 이제 그만 끝내자.

만촉蠻觸 달팽이 뿔 위에 있는 두 나라. 사소한 것으로 다투는 것의 비유. 『장자』 「칙양則陽」에 "달팽이의 왼쪽 뿔에 나라를 갖고 있는 자는 촉씨觸氏라 하고 오른쪽 뿔에 나라를 갖고 있는 자는 만씨라고 하는데 서로 땅을 빼앗으려고 수시로 전쟁을 하여 수만 명의 시체가 깔렸다"고 했다. 왕연汪然 많은 모양. 옹색擁塞 답답하게 막힌 모양. 만곡萬斛 곡斛은 곡식의 단위. 1곡은 10말. 은황銀潢 은하수의 다른 표현. 팔연八埏 팔방의 끝. 온 누리.

늦 개인 날을 따라 둑 위를 소요하니
봄 산의 짙푸름이 마음에 흐뭇하다.
물 끌며 노는 오리 꼭 짝지어 다니고
어린 꿩 숲에 엎더 이따금씩 한번 운다.
흰 구름 만나서는 혼자 가만 서 있고
꽃다운 풀 문득 보곤 뜬 인생을 생각하네.
산골에서 밭 갈며 숨어 살 날 언제인가
오늘 아침 시든 터럭 벌써 몇 가닥일세.

귀양지의 여덟 위안 遷居八趣
바람 遷居八趣 8-1

서풍은 고향 집 지나서 오고
동풍은 나에게 들러서 간다.
바람 오는 소리를 듣기만 할 뿐
바람 이는 곳 어딘지 볼 수가 없네.

西風過家來   東風過我去
只聞風來聲   不見風起處

서풍이 분다. 고향 집을 지나서 온 바람, 가족의 더운 숨이 그 한끝에 묻었으려니 하니 마음이 애틋하다. 봄바람이 일어 고향 쪽으로 불어 간다. 이번엔 내 숨결을 실어 보내마. 우리는 이렇게 안부를 나누자. 방 안에 홀로 앉아 바람 소리를 듣는다. 어디서 오는 바람이냐, 어디로 가는 바람이냐. 바람 속에 홀로 앉아 나는 길을 잃는다. 우왕좌왕한다. 미아가 된다.

달빛 遷居八趣 8-2

밝은 달 동해 바다 둥실 떠오니
금물결 만 리에 출렁거린다.
어이해 강 위에 뜬 저 달빛은
쓸쓸히 강물만 비추는 겐가.

明月出東溟　　金波盪萬里
何如江上月　　寂寞照江水

바다 위 두둥실 둥근 달빛에 바다가 온통 금물결이다. 눈부신 황금 세상이 따로 없다. 너와 나의 사이도 그랬으면 좋겠다. 아무 걸림 없이 툭 터져, 금물결을 타고 나가 하나가 되자. 이별도 없고, 슬픔도 없이, 한데 얼려 좋은 생각만 하자. 하지만 눈앞의 달빛은 강물 위에 떠서 강 이편과 강 저쪽을 경계짓는다. 건너가지 못한다고, 선이 있다고, 너와 나는 다르다고.

동명東溟 동해. 탕盪 씻다. 일렁이다.

구름 보기 遷居八趣 8-3

작정하고 구름을 보지도 않고
무심히 구름을 보지도 않네.
애오라지 뜻이야 있든 없든지
석양이 될 때까지 눈에 머무네.

有意不看雲   無意不看雲
聊將有無意   留眼到斜曛

아침에 일어나면 먼 하늘 본다. 점심밥 먹고 흰 구름 본다. 저물녘 되도록 바라만 본다. 뭉게뭉게 피어오르던 젊은 꿈이 떠오른다. 정처 없이 떠가는 무심함이 부럽다. 너는 월출산을 마음대로 넘어 내 집 있는 서울 쪽으로 편하게 가는구나. 나도 근두운을 올라탄 손오공처럼 네 등 위에 걸터앉아 물끄러미 세상도 내려다보고, 잠시라도 고향 집 위를 떠돌며 그리운 가족들 사는 모습 한 번만 보고 왔으면 좋겠다. 소원이 없겠다. 오늘은 온종일 구름만 보았다. 네 등 타고 놀았다.

사훈斜曛 기우는 석양빛.

비의 느낌 遷居八趣 8-4

고향 집 팔백 리나 멀리 있으니
개이고 비 내림은 상관없다네.
하지만 갠 날은 더욱 가깝고
비 오면 더 멀어지는 것 같네.

家鄕八百里　　晴雨無增損
晴日思如近　　雨日思如遠

여기 비가 와도 고향 집에는 해가 비칠 것이다. 내가 우중
충해도 먼 데 가족까지 그렇기야 하겠는가? 하지만 날이
화창하게 개어 먼 산이 이만큼 다가서면 집과의 거리도 그
만큼 가까워진 것만 같다. 비가 와서 먼 산이 뿌옇게 흐려
지자 고향 집도 안개구름 속에 사라져버릴 것만 같다. 나
는 비만 오면 안타깝다.

증손增損 더하고 줄어듦. 청일晴日 맑게 갠 날.

등산 遷居八趣 8-5

북극이 땅 위에 솟아 있어서
일천 리에 사 도씩 차이가 나지.
그래도 망향대에 올라가서는
구슬피 저물 때까지 있었네.

北極之出地　　千里差四度
猶登望鄉臺　　怊悵至日暮

북극점을 기준으로 1천 리마다 4도씩 차이가 난다. 내 집
과 이곳의 거리는 800리니까, 4도의 범위 안쪽이다. 고작
해서 3도의 차이뿐이다. 지도로 보면 한 뼘도 안 될 거리인
데, 오늘도 나는 마을 뒷산의 망향대에 올라 고향 쪽 하늘
을 본다. 막막하게 본다. 본다고 보일 리 없는데, 그저 올
라가 본다. 날 저물도록 우두커니 서서 본다. 고작 4도도
차이가 지지 않는 거리에서.

초창悄愴 슬퍼하는 모양.

물가에서 遷居八趣 8-6

흐르는 물 저절로 흘러서 가니
콸콸콸 아득히 막힘이 없네.
천지가 개벽하던 바로 그때에
구릉이 무너져 사태가 난 듯.

流水自然去   活活無阻礙
憶得鴻荒初   丘陵有崩汰

물이 잘도 흘러간다. 어쩌면 저리 막힘없고 거침없이 콸콸
콸 흘러가는가? 천지가 창조되던 그때 지각 변동에 따라
구릉이 무너져 사태가 나서 한곳으로 쓸려갈 때의 모습이
똑 저랬을 것만 같다. 나도 저 물처럼 아무 막힘 없이 나
가고 싶은 곳으로 콸콸콸콸 흘러가고 싶다. 거침없이 흘러
가고 싶다. 하지만 나는 여기에 웅덩이처럼 갇혀서.

괄괄活活 물이 콸콸 흘러가는 소리.　조애阻礙 막힘.　홍황鴻荒
천지개벽 당시.　붕태崩汰 무너져 사태가 남.

꽃구경 遷居八趣 8-7

백 가지 꽃 꺾어다 살펴보아도
우리 집에 핀 꽃만 같지가 않네.
꽃의 품격 달라서 그럼 아니고
단지 그저 우리 집에 있어서일세.

折取百花看　　不如吾家花
也非花品別　　秪是在吾家

이상하다. 여기 내려와서 본 꽃은 어쩌면 이리도 못났을
까? 이상하다. 서울 집에서 기르던 꽃들은 어쩌면 그리도
고왔을까? 꽃에도 서울 꽃과 시골 꽃의 차이가 있는 걸까?
여기 꽃이 촌스러운 것은 여기서 피었기 때문이다. 나도
여기서는 왠지 촌스럽다. 생각도 촌스럽고 하는 짓도 촌스
럽다. 땅이 촌스러워서가 아니라 내가 있어야 할 곳이 아
니라서 촌스럽다. 꽃이 후져서가 아니라, 내 집에서 내 손
길 받고 피어난 꽃이 아니라서 촌스럽다. 누구나, 무엇이나
저 있을 자리에 있어야 촌스럽지가 않다. 후지지가 않다.

화품花品 꽃의 품격, 품질. 지秪 다만. 단지.

버들가지 遷居八趣 8-8

수양버들 천만 가닥
실실이 청춘일세.
실실이 봄비 젖어
실실이 애태우네.

楊柳千萬絲　　絲絲得靑春
絲絲霑好雨　　絲絲惱殺人

사絲는 사思라, 천만사千萬絲는 천만사千萬思다. 매 구절마다
사絲와 사사絲絲를 넣은 파격이다. 봄 맞아 버들가지에 파
란 물이 올랐다. 연둣빛 가지가 바람에 제 실을 하늘댈 때
마다, 그 너울을 타고 내 생각도 하염없다. 봄비마저 내려
침울히 젖은 머리카락을 드리우면, 젖은 머리카락을 타고
빗물이 눈물이 뚝뚝 떨어진다. '실버들을 천만사 늘어놓고
도, 가는 봄을 잡지를 못한단 말인가.' 아! 봄날, 하늘대는
버들가지, 널뛰는 생각에, 시름에, 그리움에 나는 그만 애
가 다 녹는다.

사사絲絲 수양버들 한 가닥 한 가닥이 드리운 실 같다는 뜻.
점霑 젖다. 뇌쇄惱殺 애태우다. 시름에 잠기다.

장맛비 苦雨歎

괴로운 비 괴롭다 일부러 내리는 듯
밝은 해 나지 않고 구름도 안 걷힌다.
보리는 싹이 돋고 밀은 땅에 누웠는데
돌배와 산앵두는 살이 통통 올랐구나.
아이들 이를 먹어 신맛 뼈에 저며도
누운 보리 못 일어남 그 누가 알겠는가?

苦雨苦雨雨故來　　白日不出雲不開
大麥生芽小麥臥　　只肥鼠梨與雀梅
村童食之酸沁骨　　麥臥不起誰知哉

장맛비가 괴롭다. 매일 온다. 끝도 없이 온다. 해 구경 못
한 지 오래다. 구름은 하늘에 장막을 쳤다. 보리에 싹이
돋았다. 밀은 힘을 못 쓰고 땅에 아예 드러누웠다. 햇볕이
맵게 비쳐야 돋은 싹에 이삭이 패고, 누웠던 밀이 기운을
차려 번쩍 일어날 텐데 걱정이 이만저만이 아니다. 돌배와
산앵두는 어느새 토실토실 살이 올랐다. 하지만 해가 안나
단맛이 배질 않아, 겉만 보고 달려든 아이들이 신맛에 아
예 진저리를 친다. 아이들은 그것도 재미라고 낄낄대며 웃
지만, 장맛비에 보리농사 밀농사 다 망칠까봐 전전긍긍하
는 농부의 애타는 마음은 그 누가 알아주나.

우고래雨故來 비가 고의로 내린다.   서리鼠梨 돌배.   작매雀梅 산
앵두.   산침골酸沁骨 신맛이 뼛속까지 저민다.

장난삼아 그린 초계도 戱作苕溪圖

소동파는 남해 땅에 귀양 가 살며
「아미산도峨嵋山圖」 그려놓고 병 나았다지.
내 이제 소내(苕溪)를 그려놓고 보려 해도
세상에 화가 없으니 누굴 시켜 모사하리.
시험 삼아 수묵 찍어 초벌 그림 그려보니
먹 자국만 낭자해서 먹칠 되고 말았구나.
초벌 그림 몇 번 고치자 손도 익숙해졌지만
산 모양과 물빛은 여전히 모호하다.
당돌하게 베껴 옮겨 비단 위에 그려두고
객당의 서북쪽 모서리에 걸어뒀지.
푸른 산 구비 돌면 철마鐵馬가 서서 있고
－산 위에 철마鐵馬가 있어 마을 사람들이 거기에
제사를 지내므로 마현馬峴이라 부른다.
깎아지른 기암에선 황금 오리 날아간다.
－동쪽에 쌍부암雙鳧巖이 있다.
남자주 물가에는 방초가 푸르르고
석호정 북쪽에는 맑은 모래 깔렸구나.
돛단배는 멀리서도 필탄 지남 알겠는데
나룻배는 귀음 따라 소리쳐 부르는 듯.
검단산은 푸른 구름 절반쯤 잠겨 있고
백병산은 저 멀리 석양 지고 홀로 섰다.
하늘가 높은 산엔 절집이 보이나니
수종사의 지세와 더욱 서로 부합된다.

－백병白屛은 양근楊根에 있는데 귀음龜陰 등 여러 봉우리와
십여 리나 연이어 있다.

소나무 그늘 진 문 우리 집 정자이고
－망하정望荷亭이다.

뜰 가득 배꽃 핀 건 내 집이 분명하다.

내 집이 저기건만 가볼 길이 없는지라

그림 보며 공연히 머뭇대게 만드누나.

子瞻謫南海　　　　　愈疾峨嵋圖

我今欲畫茗溪看　　　世無畫工將誰摸

試點水墨作粉本　　　墨痕狼藉如鴉塗

粉本屢更手漸熟　　　山形水色猶模糊

唐突移描上絹面　　　掛之客堂西北隅

翠麓縈廻立鐵馬　　　奇巖矗削飛金鳧

藍子洲邊芳草綠　　　石湖亭北明沙鋪

風帆遙識筆灘過　　　津艜似趁龜陰呼

黔山半入碧雲杳　　　白屛逈立斜陽孤

天畔岊嶤見僧院　　　水鍾地勢尤相符

松檜蔭門吾亭也　　　梨花滿庭吾廬乎

吾廬在彼不得往　　　使我對此空踟躕

소동파는 남해에서 고향의 아미산을 그림으로 그려놓고 그 힘든 시절을 버텨냈다. 그렇다면 나는 집 앞을 흐르는 소내의 풍경을 그려놓고, 고향을 그려보자. 누구한테 부탁할 사람도 없고 하니, 못난 솜씨지만 직접 그릴밖에. 화면 속에다 나는 고향의 낯익은 지명들을 차례로 호명해본다.

먼저 철마산鐵馬山은 내 집의 뒷산이다. 쇠 말을 세워놓고 사람들이 해마다 제사를 지내는 곳이다. 그 곁에 깎아지른 바위는 쌍부암이로구나. 황금 오리 두 마리가 하늘로 차고 오르는 모습이다. 남자주 모래톱에선 벗들과 뱃놀이하다가 매운탕을 끓여 먹으며 놀았지. 흥이 거나하면 석호정에 올라가 시를 짓기도 했었다. 저 멀리 돛단배는 필탄筆灘을 지나는 중이고, 그 뒤편의 거룻배는 귀음龜陰 나루를 건너고 있다. 집 맞은편 쪽으로는 검단산이 구름 속에 반쯤 가린 채 서 있구나. 아아! 백병산 너머로 석양이 진다. 운길산 중허리엔 수종사의 절집이 보일 듯 말 듯하다. 내 젊은 시절의 추억이 깃든 곳이 아닌가. 그 아래 물가로 소나무 노송나무 그늘진 곳에 내 집 정자인 망하정이 보인다. 그 곁 배꽃이 만발한 집이 그리운 아내와 자식들이 나를 기다리고 있는 내 보금자리다. 저걸 모두 한 폭 화면 속에 욕심 사납게 그려 벽에 붙여놓고 나는 하루에도 열두번씩 고향 집 강물 위를 서성거린다. 안타까워 자꾸 본다.

아미도峨嵋圖 소동파가 호주湖州에 귀양 살 때 그곳 하남성 겹
현郟縣에 있는 아미산峨嵋山이 자기 고향 촉蜀 땅에 있는 아미산
과 닮았다 하여, 작은 아미산이라고 이름을 붙이고 그 아미산
을 그리면서 고향에 대한 그리움을 달랬다는 고사. 지금도 산
위에 삼소사三蘇祠가 있다.   초계苕溪 양수리 여유당 앞을 흐르
는 강물 이름. 소내 또는 우천牛川으로도 적는다.   분본粉本 밑
그림. 초벌그림.   아도鴉塗 먹칠.   영회縈廻 굽이굽이 돌아가는
모양.   석호정石湖亭 두릉에 있던 신씨 소유의 정자 이름.

전원 田園

전원에 함께 숨자 마음 기약 두었더니
인생에 이별 있음 생각지 못했구려.
봄 가자 하릴없어 송엽주가 생각나니
달 밝아도 그 누가 목란사를 들을런가.
나무 앉은 꾀꼬리는 제 짝을 기다리고
한 쌍 제비 둥지 엮어 새끼를 기르누나.
공연한 근심으로 백발 재촉하지 말자
이따금 편지 써서 그리운 맘 달래보네.

田園偕隱結心期　　不意人生有別離
春去空懷松葉酒　　月明誰聽木蘭詞
孤鶯坐樹應須友　　雙燕營巢好養兒
莫把閒愁催白髮　　時將手札慰相思

여보! 다 그만두고 전원으로 물러나 욕심 없이 함께 늙으려 했더니, 뜻하지 않게 이렇게 떨어져 지내는구려. 인생의 계획이 어긋나기만 하니 민망하고 답답하오. 봄도 떠나버린 지금 허전한 마음에 당신이 담근 송엽주 한잔 생각이 간절하오. 달 밝은 밤, 저 하늘 올려다보며 목란사 가락 읊는 이 마음을 당신은 아시겠소? 저 나무 위 꾀꼬리도 짝을 찾아 노래하는 초여름이오. 들보 위 제비는 어느새 집다 짓고 새끼 낳아 벌레 물어 먹이느라 정신이 없구려. 한번씩 당신 생각나면 불덩이 같은 근심이 솟구쳐 금세 백발이 되어버릴 것만 같소. 어쩌겠소. 이런 엇갈림을. 깊은 밤달 보며 앉아 그댈 그려 편지 쓰오. 잘 있으오.

해은偕隱 함께 숨다. 목란사木蘭詞 옛 악부樂府 이름. 한나라때 목란木蘭이 늙은 아버지 대신 남장男裝을 하고 12년간 종군한 내용의 노래. 먼 변방에서 가족을 그리는 마음을 기탁했다. 수우須友 벗을 기다리다.

집 하인이 돌아간 뒤 家僮歸

편지 와서 담소하는 것만 같더니
사람 가자 다시금 적막하구나.
무료하게 하늘은 막막하건만
길만은 변함없이 아득도 하다.
새재의 산길은 일천 구비요
탄금대의 물길은 두 줄기라네.
다만 두 마리의 제비만 남아
온종일 울음소리 사랑스럽다.
집 소식 얻고서 좋다 했더니
새 근심 또다시 만 가지일세.
못난 아내 날마다 운다고 하고
어린 자식 볼 날은 그 언제러뇨.
박한 풍속 참으로 안타깝구나
뜬말에도 아직은 불안하기만.
아서라 이 또한 달게 받으리
세상살이 본래부터 괴로운 것을.

書到如談笑　　人歸復寂寥
無聊天漠漠　　依舊路迢迢
鳥嶺山千曲　　琴臺水二條
唯留雙燕子　　終日語音嬌
謂得家書好　　新愁又萬端

拙妻長日淚　　稚子幾時看
薄俗眞堪惜　　浮言尙未安
嗟哉亦順受　　度世本艱難

종이 들고 온 집 소식을 받아드니 가족이 한데 모여 도란
도란 담소라도 하는 듯 기뻤다. 그가 내 답장을 들고 올
라가자 빈방에 다시 나 혼자 덩그러니 남았다. 하늘은 아
무 관심 없다는 듯 막막하게 펼쳐져 있고, 고향 집으로 가
는 길은 산 넘고 물 건너는 아득히 먼 길이다. 처마 밑 제
비 한 쌍만 내 곁을 지켜주는구나. 저들이 종일 지지배배
지지배배 사랑놀이를 할 때, 나는 이런저런 근심에 마음을
못 가눈다. 아내는 나를 멀리 보낸 후 날마다 눈물 마를
날이 없다고 한다. 고물고물 자라는 자식들은 언제나 만나
볼 수 있으려나. 야박한 세상에는 살벌한 풍문만 떠돈다.
종작없는 말 한마디에도 가슴이 철렁 내려앉는다. 어쩔 수
없다면 견뎌야겠지. 세상살이 힘든 줄을 이제야 알았더냐.
그러려니 하겠다. 그래본들 하겠다.

교嬌 아리땁다. 어여쁘다.　순수順受 순리대로 받아들이다.　도
세度世 세상을 건너가다. 세상살이.

탄식 有歎

장평자는 제 나라를 멀리 떠나고
두소릉은 멀리 집을 그리워했지.
옥소반 내게 줄 사람 없으니
맑은 얼음 어디다 놓아둘거나.
시냇가 나무는 모두 같은 빛
산 구름 저절로 층을 이뤘네.
여우와 쥐새끼 같은 무리들
이걸 믿고 속이며 능멸하누나.

去國張平子　　思家杜少陵
無緣貽玉案　　何處置淸氷
澗樹仍同色　　山雲自數層
空令狐鼠輩　　憑恃自欺凌

장형은 제 발로 먼 변방에 가서 어지러운 천하를 근심했
다. 두보는 가족과 멀리 떨어져 고통 속에 지냈다. 나는 강
제로 먼 변방에 쫓겨나 가족과 떨어져 지낸다. 기가 막힌
다. 얼음같이 맑고 찬 내 마음을 놓아둘 곳이 없구나. 옥
소반이라도 있으면 거기 얹어두련만. 냇가의 나무는 다 한
가지 빛깔인데, 그 위에 구름이 층층이 얹히고 보니 더 분
간이 안 된다. 옥석을 가려낼 방법이 없다. 그 깊은 숲 속
자욱한 층층 구름 속에 여우와 쥐새끼 같은 무리들이 숨
어서 못 하는 짓이 없다. 얼마나 많은 장형과 얼마나 많은
두보 들의 한숨이 그 서슬에 깊어가는가.

장평자張平子 후한後漢의 장형張衡. 요직을 버리고 외직으로 나
가 하간왕河間王의 신하로 있으면서, 천하가 혼란해지는 것을 보
고 네 가지 근심을 읊은 「사수시四愁詩」를 지어 답답한 심회를
토로하였다. 두소릉杜少陵 당나라 시인 두보. 안녹산의 난 때
가족과 떨어져 피난한 일이 있다. 옥안玉案 옥소반. 임금이 신
하에게 신뢰의 징표로 내려주는 하사품. 빙시憑恃 기대어 믿다.

적막 寂歷

적막히 조그만 서재 안에서
일 없이 홀로 앉아 지내는 마음.
새 풀빛 주렴 넘어 방으로 들고
꾀꼬리 울음 대숲 뚫고 들려오누나.
고향의 산하는 너무도 멀고
타향의 세월은 가볍기만 해.
『의안醫案』의 이치나 꼼꼼히 익혀
약 먹어 목숨이나 보전하련다.

寂歷小齋內　　蕭閒獨坐情
入簾新草色　　穿竹晚鶯聲
故國山河險　　他鄉日月輕
熟精醫案理　　餌藥且偸生

코딱지만 한 집에 종일 할 일 없이 앉아 있다. 새 풀빛이
싱그럽다. 나와 무슨 상관이냐. 늦은 꾀꼬리 울음소리가
옥쟁반을 구른다. 별 관심 없다. 고향 집으로 달려가는 길
은 까마득한 절벽길, 가족과 떨어져 보내는 세월은 이리도
경박하게 흘러간다. 나는 날마다 허물어진다. 나는 나날이
황폐해간다. 그래도 언젠가 웃고 만날 가족들 생각해서 몸
을 추슬러야지. 유배지에서 의서를 뒤적이며 제게 맞는 약
을 구해 먹을 궁리 하는 그 맘을 아시는가.

소한蕭閑 호젓하게 한가롭다.　의안醫案 중국의 설입재薛立齋가
저술한 의서.　이약餌藥 약을 먹다.

어린 아들이 부처 온 밤톨 穉子寄栗至

도연명의 아들보단 한결 낫구나
아비에게 밤을 부쳐 보낸 걸 보니.
한 주머니 이것저것 나눠 넣어서
천 리 밖 굶주림을 달래주누나.
아비 생각 그 마음이 사랑스러워
봉해 꿰맴 애쓰던 일 생각해보네.
맛보려다 도리어 즐겁지 않아
구슬피 먼 허공만 응시하누나.

頗勝淵明子	能將栗寄翁
一囊分瑣細	千里慰飢窮
眷係憐心曲	封緘憶手功
欲嘗還不樂	惆悵視長空

집에서 소포가 왔다. 큰 주머니를 풀자 올망졸망한 작은 보퉁이에 참깨도 있고 찹쌀도 들었고, 팥과 콩도 들었다. 그 귀퉁이에 어린 막내가 담은 밤톨 몇 알이 나온다. "아버지! 보고 싶어요. 이 밤톨 드세요. 제가 주운 것입니다." 그 고사리손이 밤 가시 헤쳐가며 주워 아비 먹으라고 보냈구나. 그 마음을 생각하다가, 한 가지라도 더 넣으려고 자루 가득 욕심을 부려 어렵사리 주둥이를 꿰매던 그 손길들을 떠올리니 마음이 짠하다. 무심코 밤톨 하나 입에 넣으려다가 순간 멈칫한다. 아가! 너는 저 먼 하늘 아래 있구나. 깎아놓은 밤톨처럼 어여쁜 아가! 아비도 네가 그립다.

연명자淵明子 도연명의 아들. 그의 「자식을 나무라다責子」란 시에 아들 다섯이 모두 공부를 좋아하지 않는다면서, "통通이란 녀석 나이 벌써 아홉 살인데, 배하고 알밤만 찾고 있구나(通子垂九齡 但覓梨與栗)"라고 한 구절을 두고 한 말. 분쇄세分瑣細 자질구레하게 나누다. 이것저것 조금씩 나눠 넣다. 권계眷係 가족을 돌아보다. 심곡心曲 마음씨.

어린 딸 생각 憶幼女

어린 딸아이 단옷날이면
옥 같은 살결 씻고 새 단장 했지.
붉은 물 들인 모시 치마를 짓고
머리엔 푸른 창포 잎을 꽂았지.
절 익힐 젠 단정하고 어여쁘더니
잔 올리며 즐거운 표정 지었네.
오늘은 쑥 인형 매다는 저녁
손바닥 속 구슬을 누가 놀리리.

幼女端陽日　　新粧洗玉膚
裙裁紅苧布　　髻揷綠菖蒲
習拜徵端妙　　傳觴示悅愉
如今懸艾夕　　誰弄掌中珠

단오라고 모처럼 온 동네가 떠들썩하다. 새 단장 한 이웃
집 아이를 보자 대책 없이 어린 딸이 보고 싶다. 해마다
오늘이면 깨끗이 목욕하고 창포물에 머리도 감고 곱게 새
단장을 하곤 했었지. 어미는 붉은 잇꽃 물을 들여 새로 다
홍치마를 지어 입혔다. 머리에는 창포 잎을 꽂아 나쁜 기
운 저리 썩 물렀거라 액막이를 한다며 팔랑거렸지. 아비에
게 절을 할 때는 무척 음전하고 어여뻐서 흐뭇했었다. 아
비에게 술잔을 올릴 때는 무엇이 그리 즐거워서 입이 함빡
벌어졌었더냐. 온 동네가 시끌벅적해도 나는 낄 데가 없구
나. 구경꾼일 뿐이로구나. 네 절 한번 받자꾸나. 네 술 한
잔 마시자꾸나. 어여쁜 내 딸아!

단양일端陽日 5월 5일 단오. 저포苧布 모시 베. 계髻 상투, 또
는 쪽 진 머리. 징단묘徵端妙 장차 단아하고 어여쁠 조짐을 보
이다. 열유悅愉 기뻐하는 모양. 현애懸艾 예전 초楚나라에서 5
월 5일에 함께 어울려 백초白草를 밟고 쑥을 캐서 사람처럼 만
들어 문 위에 매달던 풍습. 그것으로 나쁜 기운을 막을 수 있
다고 믿었다.

서풍은 고향 집 지나서 오고
동풍은 나에게 들러서 간다.
바람 오는 소리를 듣기만 할 뿐
바람 이는 곳 어딘지 볼 수가 없네.

하지 夏至

한 달은 고작해야 서른 날인데
둥근 것은 그중에서 겨우 하룰세.
하루하루 일 년의 많은 날 중에
하지는 겨우 오늘 하루뿐이지.
성하고 쇠함이 맞물렸지만
성할 때는 언제나 빨리 지나네.

月於三十日　　得圓纔一日
日於一歲中　　長至亦纔一
衰盛雖相乘　　盛際常慓疾

한 달 서른 날 중에 보름달은 단 하루뿐이다. 1년 365일 가운데 낮이 제일 길다는 하지夏至도 오늘 하루만이다. 가장 성대한 때가 쇠퇴의 출발점이다. 성대한 절정의 시간은 오래 머물지 않는다. 내 보름은 언제인가? 내 하지는 언제일까? 이미 지나버린 걸까? 아직 오지 않은 걸까? 명심하라. 잘나가는 시절은 순식간에 지나간다.

재纔 겨우. 장지長至 하지의 다른 표현. 표질慓疾 빠르다. 신속하다.

자식에게 寄兒

서울 소식 올 때마다 깜짝깜짝 놀라니
집안 편지 만금이라 말한 사람 누구인가.
바다 구름 같은 근심 개었다간 다시 일고
산바람 같은 비방 잠잠하다 다시 나네.
말세에 소곡巢谷 없음 탄식할 것 하나 없네
쇠한 집안 채침蔡沈 있어 그나마 기쁜 것을.
글공부는 편지글 읽을 만큼 되었으니
경제를 착히 익혀 원림에 쏟아보렴.

京華消息每驚心   誰道家書抵萬金
愁似海雲晴復起   謗如山籟靜還吟
休嗟世降無巢谷   差喜門衰有蔡沈
文字已堪通簡札   會敎經濟着園林

서울에서 편지가 오면 무슨 일이 있나 싶어 가슴부터 철렁 내려앉는다. 그저 무소식이 희소식이려니 하고 지낸다. 다들 잘 있겠지. 내내 잘 지내다가도 갑자기 근심이 밀려오면 자옥한 구름 속에 갇힌 것처럼 정신을 차릴 수가 없다. 헐뜯고 비방하는 얘기도 좀 가라앉았나 싶으면 또 들고일어나는 것이 저 바다 위 파도와 다를 게 없다. 내사 이 유배지에서 무얼 더 바라겠니? 소동파 형제를 찾아갔던 소곡처럼 이 먼 곳까지 나를 우정 찾아와줄 벗이 어디 있겠니? 그래도 너희가 채침처럼 아비의 공부를 이어가려니 생각하면 마음이 든든하다. 온 편지를 보니 이제 겨우 글꼴이 되어가는구나. 하지만 아직 멀었다. 더 부지런히 힘써야지. 그리고 원림을 잘 가꿔서 집안 살림도 너희가 일으키도록 해라.

저만금抵萬金 만금의 값어치에 해당한다.　산뢰山籟 산곡에서 일어나는 바람 소리.　소곡巢谷 송나라 미산眉山 사람. 소식蘇軾과 소철蘇轍이 유배를 당했을 때 걸어서 소철을 찾아갔다가 소식을 만나려고 해남海南으로 가는 도중 병으로 죽었다. 뜻을 같이하여 추종하는 사람.　채침蔡沈 송나라 채원정蔡元定의 아들로, 주희朱熹의 제자였다. 채원정이 홍범洪範의 수數에 대한 깨달음을 글로 못 남기게 되자, "나를 이어 내 아들이 완성시킬 것이다"라고 했다. 주희도 만년에 『서경』의 전傳을 채침에게 부탁한 일이 있다. 후계자의 의미로 썼다.

밤중에 일어나 夜起二首
불면 夜起 2-1

나그네 잠 뜬금없어 자주 앉고 또 눕는데
들창 열고 이따금씩 오건을 다시 쓴다.
바다 구름 자욱하여 밝은 달도 뵐락 말락
산새만 혼자 울어 마치도 늦봄 같네.
옛것을 좋아하면 시속과는 안 맞는 법
하늘을 따른다며 보통 사람 어이 되리.
쥐의 간과 벌레 팔뚝 따질 것이 없으니
매미 날개 뱀 비늘은 진짜가 아닌 것을.

客枕無端臥起頻　　拓窓時復岸烏巾
海雲叢集少明月　　山鳥獨鳴如暮春
好古終難兼適俗　　侔天何得不畸人
鼠肝蟲臂休相問　　蜩翼蛇鱗未有眞

자다가 자꾸 벌떡벌떡 일어난다. 아침이 왔나 싶어 들창도 열어보고, 머리에 오건도 쓴다. 아침은 무슨 아침. 바다 위엔 구름만 시커멓고 그 환하던 달빛도 숨고 없다. 혼자 우는 산새 너 때문이다. 내가 아침인 줄 착각한 것은. 봄은 벌써 떠난 지 오랜데 가버린 봄날이 아쉬워 혼자 깨어 울었더냐. 하기야 혼자 깨어 울고픈 것은 너만이 아니다. 그래도 못난이처럼 너를 따라 울 수는 없겠지. 어차피 세속의 간을 맞추며 살기는 어려운 일. 하늘의 도리를 공부한다면서 어이 하등으로 행동하랴. 자질구레한 세속 일은 묻지를 말자. 눈앞의 현실이라 해서 일희일비一喜一悲할 것이 아니다. 끝날 것 같지 않은 이 긴 밤도 또 이렇게 지나가리라.

무단無端 이유 없이.　빈頻 자주.　척창拓窓 들창을 밀어 열다.
안오건岸烏巾 오건을 머리에 쓰다.　적속適俗 세속과 맞다. 세속과 어울리다.　모천侔天 하늘을 본받다. 따르다.　기인畸人 기인奇人. 기이한 사람.　서간충비鼠肝蟲臂 쥐의 간과 벌레의 팔뚝. 아무것도 아닌 사소한 것의 비유.　조익사린蜩翼蛇鱗 매미 날개와 뱀의 비늘. 둘 다 허물을 벗으므로 하는 말.

비가 夜起 2-2

나그네 밥 세월 오램 갑자기 깨닫고서
하릴없이 시나 지어 슬픈 노래 대신한다.
길도 끝나 남은 것은 동해 바다뿐이니
마음이야 젊다 해도 이 내 백발 어이하리.
우습구나 봄바람에 천막에 친 제비 둥지
얄미운 건 여름밤에 등불 치는 부나빌세.
지팡이를 짚고서 사립문 밖 안 나서니
고래들 제멋대로 바다 파도 타고 논다.

旅食偏知日月多　　謾將詩句當悲謌
途窮只有東溟在　　心壯其如白髮何
長笑春風巢幕燕　　生憎夏夜撲燈蛾
枯藜不出柴門外　　一任鯨鯢弄海波

잠을 깨어 손꼽아보다가 문득 알았다. 이곳에서의 나날이 어느새 오래되었음을. 밤마다 복받쳐 오르는 오열은 시로 달랜다. 길은 막혀 더 나아갈 곳이 없다. 바다로라도 뛰어들고 싶다. 하지만 거기엔 고래가 입을 떡 벌리고 기다리고 있겠지. 마음은 아직도 무슨 일이건 할 수 있을 것만 같은 데, 백발은 한 올 한 올 늘어만 간다. 봄바람 불 제 천막 같은 오두막에 집 짓겠다고 설치던 제비가 그리 우습더니, 더운 여름밤 시 짓느라 밝힌 등불로 자꾸 뛰어드는 불나방이 또 가증스럽다. 문밖에는 좀체 나다니질 않는다. 나는 캄캄한 방 안에서 울음을 삼킨다. 저 죽을 줄 모르고 불 속으로 뛰어드는 불나방의 마음을 알 것도 같다.

생증生憎 미워하는 마음이 생기다. 박등아撲燈蛾 등불로 뛰어 드는 불나방. 경예鯨鯢 고래와 큰 물고기.

홀로 서서 獨立

잡초를 길로 알고 소가 가는데
뜬 구름에 송골매는 하늘 잠겼네.
늙어가매 비쩍 마른 지팡이 짚고
홀로 서서 흐르는 물 소릴 듣네.
백사장엔 고기잡이 그물 널렸고
숲 바람에 들 넝쿨이 매달렸구나.
맑고 편한 세월은 정녕 언젤까
구슬피 흐르는 세월을 본다.

雜草牛行逕　　浮雲鶻沒天
漸衰依瘦杖　　獨立聽流泉
沙暖漁罾散　　林風野蔓懸
淸寧定何日　　惆悵念流年

잡초는 소의 친구, 뜬구름은 송골매의 동무다. 늙어가는 내 곁에는 마른 지팡이뿐이다. 시든 몸 지팡이에 기대 세워놓고 흘러가는 물 소리를 듣는다. 볕 좋은 백사장엔 고기잡이 그물을 말리느라 여기저기 펼쳐놓았다. 숲에 바람이 부니 나무에 걸린 넝쿨들이 거꾸로 매달려 흔들린다. 세상엔 여기저기 그물뿐이로구나. 나는 이렇게 자연 앞에서도 못난 생각만 한다. 정녕 청녕淸寧한 세월은 언제나 돌아올까. 자꾸 바쁘다고 내닫기만 하는 강물, 나만 세워놓고 뒤도 안 돌아보고 달아나는 세월. 나는 지팡이 짚고 그 자리에 서 있는데, 아무 데고 갈 수가 없는데.

행경行徑 길로 생각해서 간다. 몰천沒天 하늘에 파묻히다. 어증漁罾 고기 그물. 청녕淸寧 맑고 편안함.

무지 不識

난초를 몰라보고 쑥만 위하니
초나라 대부여 안쓰럽구나.
세상 정리 모두 다 보고 난 지금
지난 일 어찌 그리 어리석었나.
설관薛館도 원래는 조시朝市였었고
양원梁園 또한 세도의 길이었다네.
예로부터 호걸풍의 호협한 벗은
오활한 선비 속엔 있지 않았지.

不識蘭爲艾　　嗟嗟楚大夫
世情都已見　　往事一何愚
薛館元朝市　　梁園亦勢途
古來豪俠友　　未必在迂儒

난초는 외면한 채 쑥을 차고 뽐낸다. 아! 못났구나, 초나라
의 대부들이여. 나는 그런 오활한 자들을 벗 삼아 한 세상
을 바로잡아보려 했었구나. 지난 일을 생각하면 부끄러워
서 차마 얼굴을 들 수가 없다. 지금은 이리도 분명하게 보
이는데 그땐 왜 몰랐을까? 맹상군의 설관薛館이나 양효왕
의 양원梁園에 모여들었던 재사들도 기실은 재주를 팔아
한자리 얻어보자는 수작에 불과했다. 호협한 영웅들은 그
런 좀팽이들 사이에서 놀 수가 없는 법. 칼 코뎅이를 두드
리며 '돌아갈까부다, 돌아갈까부다' 중얼대던 맹상군의 식
객 풍환馮驩처럼, 애초에 견디기 힘든 일이었다. 막상 쫓겨
나 멀리 와서 돌아보니, 그때의 내 무지가 안타깝다. 무언
가 해보리라던 그 포부가 슬프다.

불식난위애不識蘭爲艾 난초를 몰라보고 쑥만 위하다. 굴원의 『이
소離騷』에 "집집이 쑥을 허리춤에 가득 차고서, 유란은 찰 만한
게 못 된다 하네(戶服艾以盈腰兮 謂幽蘭其不可佩)"라고 한 구절에서
따왔다. 인재를 몰라주는 세상에 대한 비유. 설관薛館 전국시
대 제나라 설공薛公 맹상군孟嘗君의 객관客館이다. 3천 명의 식객
들이 각자의 재주로 쓰임을 받기 위해 경쟁했다. 조시朝市 조정
과 저자. 명리의 경쟁이 심한 곳. 양원梁園 양효왕梁孝王이 축조
한 동산 이름. 당시의 명사 사마상여司馬相如가 추양鄒陽·매승枚
乘·장기부자莊忌夫子 등과 빈객으로 몇 해간 머물며 「자허부子
虛賦」를 지어 올린 일이 있다. 우유迂儒 물정을 모르는 선비.

늦갬 晚晴

푸른 하늘 남은 노을 말끔 걷히자
시원한 기운 마치 가을 같구나.
채마밭엔 날개 젖은 나비가 날고
어부 집엔 말린 고기 볕을 쪼인다.
하이蝦夷로 이어진 물 아득도 하고
대마도를 물고서 구름 떠 있네.
어찌된 셈으로 두공부杜工部께선
늙도록 갈매기를 부러워했나.

碧落收餘靄　　瀟瀟氣似秋
菜園飛濕蝶　　漁戶晒新鱐
水接蝦夷濶　　雲銜馬島浮
如何杜工部　　垂老羨輕鷗

종일 날이 찌푸려 있더니, 오후 늦게 볕이 난다. 하늘 저편
에 남았던 노을구름마저 사라져 난데없이 쾌청한 가을 하
늘이 펼쳐진다. 무거워진 몸을 말려야겠다고 젖은 날개를
끌고 나비가 나왔다. 어부의 집 마당에는 비에 젖을까봐
들여놓았던 생선을 다시 펼쳐놓았다. 구름은 저 멀리 대마
도까지 밀려갔다. 끈적끈적하던 기분이 대번에 뽀송뽀송해
진다. 저 바다 위로 제 맘대로 날아다니는 갈매기가 오늘
은 하나도 부럽지가 않다.

벽락碧落 푸른 하늘. **신수新鱐** 새로 말리기 시작한 생선. 하이
蝦夷 섬 이름. 일본의 북해도北海道 지역을 가리킴. **선경구羨輕
鷗** 가벼운 갈매기를 부러워하다. 두보의 시에 "동해의 갈매기
와 친하고 싶네(願狎東海鷗)"라고 한 구절이 있다.

다시 흐림 復陰

드넓은 겹겹 바다 땅이 당기니
하늘은 하루 갠 것마저 꺼리나.
뭉게뭉게 구름이 다시 일어나
콸콸콸 물이 다퉈 소리를 낸다.
습기 많아 뼈마디가 온통 쑤시고
잠만 자니 기운도 맑지가 않네.
겹옷을 벗었다가 다시 입음은
한여름 북풍이 매서워설세.

地控重溟濶　　天慳一日晴
濛濛雲更起　　決決水爭鳴
卑濕骨皆痛　　長眠氣不淸
裌衣除復御　　朱夏北風勍

어제 잠깐 개어 장마가 끝났다 했더니, 오늘은 다시 흐렸
다. 바다로 쫓겨났던 비구름을 땅이 도로 끌고 온 모양이
다. 하늘도 참 쩨쩨하다. 고작 오후 잠깐 볕 좀 주고는 오
늘 바로 안면을 바꾸다니. 먹구름은 뭉게뭉게, 불어난 물
은 콸콸콸콸. 뼈마디가 쑤시고, 기분마저 우중충하다. 게
다가 한여름에 북풍이라도 불어올라치면 한기가 오싹해서
벗었던 겹옷을 다시 꺼내 입는다. 날씨에 따라 몸도 기분
도 오락가락한다. 종잡을 수가 없다.

공控 당기다. 끌어오다. 간慳 아끼다. 쩨쩨하게 굴다. 몽몽濛
濛 구름이 뭉게뭉게 피어나는 모양. 결결決決 물이 넘쳐 흐르는
모양. 주하朱夏 한여름.

냇가에 핀 매괴화

偶至溪上, 見玫瑰一樹, 嫣然獨開.
因憶東坡於定惠院賦海棠花, 遂次其韻.

땅이 낮고 늪에 막혀 몹쓸 나무 많으니
황량한 길 배회하며 은자를 생각하네.
낭치狼齒와 용조龍爪가 뒤섞인 한켠에
한 그루 매괴화 향기가 빼어나다.
어깨 맞댄 장사치들 시장에서 다투는데
어여쁜 미인이 빈 골짝에 남겨진 듯.
예로부터 진주가게 고기 눈깔 많은 법
고운 자태 누가 보내 황금옥에 들게 하리.
서울서 기르는 꽃 도리桃李밖에 없으니
썩은 쥐로 배 채우고 고기 먹음 뽐내는 격.
매괴화 착각해서 해당화로 부르니
능석이 뜬금없이 오족으로 불리는 셈.
진작에 『화사花史』는 한 글자도 안 읽고서
지저분한 마음 먹어 깨끗함을 더럽히네.
예로부터 성현이 말 많음을 미워함은
남 헐뜯는 자들이 심복 됨이 싫어설세.
꽃술은 무른데도 너만은 꼿꼿하니
곧은 절개 맑은 기상 대나무인 양 늠름하다.
붉은 터럭 푸른 가시 삼가 제 몸 방어하매
붉은 나비 누런 벌이 눈독 감히 들이겠나.
언제나 염려키는 나무꾼의 도끼일 뿐
세상길 험난하기 민촉岷蜀과 다름없네.

어여뻐라 고운 바탕 향기조차 기이하니
뭇 화살이 마침내 한 과녁에 집중되리.
산 가득한 나무꾼도 어이 너를 알아보리
가지 굽고 냄새나는 가죽 나무 좋아하네.
꽃 앞에 홀로 서서 꽃과 얘기 나누자니
둘의 뜻이 처량해서 서로 감촉하는 듯해.

澤障地卑多惡木　　荒徑徘徊念幽獨
狼齒龍爪雜沓邊　　一樹玫瑰香絶俗
屠沽側肩爭市門　　玉人嬋媛在空谷
由來魚目滿珠肆　　誰遣蛾眉入金屋
京城養花皆桃李　　腐鼠充腸誇嗜肉
錯把玫瑰呼海棠　　陵舄無端爲烏足
花史曾無一字窺　　滓穢生心汚淸淑
自古賢聖憎多口　　苦遭讒人入左腹
花心脆弱汝獨貞　　脩節淸標凜如竹
紅芒綠刺謹防身　　紫蝶黃蜂敢注目
常恐斤斧不相赦　　世路崎險如岷蜀
吁嗟麗質秉奇芬　　叢矢終然集一鵠
樵蘇滿山豈識汝　　去羨臭樗枝拳曲
獨立花前與花語　　兩意凄然相感觸

냇가를 배회하다가 매괴화 한 그루와 만났다. 비습한 늪지
대라 좋은 나무는 한 그루도 만나볼 수 없었는데, 그가 황
량한 길가 덤불 사이에 홀로 피어 있었다. 낭치와 용조 같
은 잡목과 잡풀 들이 온통 뒤덤벅인 가운데 기적처럼 그
안에서 꽃을 피워낸 매괴화 한 그루. 소인의 무리 속에 우
뚝 선 군자의 모습을 보는 듯한 감동이었다. 비린내 나는
난잡한 시장통을 곁에 두고, 어여쁜 미인이 빈 골짝에 혼
자 남겨진 격이랄까? 하기야 물고기 눈깔 같은 가짜들이
진주인 양 행세하는 세상에서 누가 저 매괴화를 귀하게 대
접하겠는가? 도리桃李만 꽃으로 아는 속물들 앞에 매괴화
의 도도한 향기는 눈에 들어오지도 않을 것이다.
　매괴화는 해당화가 아니다. 『화사花史』를 한 번만 들춰보면
누구나 쉽게 알 수 있는 사실인데도, 고귀한 매괴화를 천
한 해당화와 동일시한다. 네 꽃술은 꼿꼿하여, 기상이 대
쪽 같다. 붉은 까끄라기 솜털과 초록색 가시가 돋아 벌 나
비도 함부로 범접치 못한다. 하지만 난데없이 쏟아지는 나
무꾼의 도끼질이야 어이 피할 수 있으리. 잡목 덤불 속의
우뚝한 자태는 과녁이 되어 뭇 시샘을 한 몸에 받을 게 틀
림없지 않은가. 나는 그렇게 한참을 매괴화 앞에 서서 꽃
과 두런두런 대화를 나누었다. 매괴화야! 네게서 나를 본
다. 부디 보중하거라.

유독幽獨 외진 곳에 홀로 숨어 지냄. 여기서는 이런 척박한 환경 속에 홀로 고결한 어떤 사람을 생각한다는 뜻. 낭치용조狼齒龍爪 낭치는 이리 이빨처럼 맞물린 잎을 지닌 식물, 용조는 용의 발톱 모양을 한 잎을 지닌 콩과 식물. 정확한 명칭은 알 수 없다. 매괴玫瑰 장미과의 화훼. 도고屠沽 백정과 장사치. 선원嬋媛 아리땁고 어여쁜 모습. 어목魚目 물고기 눈알. 외형은 구슬처럼 생겼지만 가짜라는 의미로 씀. 아미蛾眉 누에 모양의 눈썹. 미인. 여기서는 매괴화를 가리킴. 능석陵舄 질경이車前草의 다른 이름. 그 속에 울서鬱棲라는 벌레가 들어가 살면 오족烏足이라는 풀로 변한다고 한다.『열자列子』「천서天瑞」에 나온다. 참인讒人 남을 비방하고 참소하는 사람. 좌복左腹 심복心腹의 뜻. 좌복左腹은『주역』「명이明夷」괘 사효四爻에, "왼쪽 배로 들어가서 명이明夷의 마음을 얻었다"고 한 데서 나왔다. 주석에, "음침한 곳으로 들어가서 임금의 마음을 포착했다"고 풀이했다. 소인小人이 높은 벼슬에 올라 사특한 방법으로 남을 해코지하며 임금의 신임을 받는 것을 말한다. 취약脆弱 무르고 약함. 불상사不相赦 용서하지 않는다. 인정사정 봐주지 않는다는 뜻. 민촉岷蜀 절벽을 깎아 잔도棧道로 길을 낸 험난한 지역. 총시叢矢 한 무더기의 화살. 초소樵蘇 나무 베고 풀을 벰. 나무 베는 것을 '초'라 하고 풀 베는 것을 '소'라 함.

수선화 노래 水仙花歌 復次蘇韻

경신년(1800) 봄 복암 이기경 공이 연경에서 돌아왔다. 황금
이나 비단 같은 것은 가져온 것이 없고, 다만 수선화 한 뿌리
를 가져와 수반에 꽂아두었다. 내가 소릉과 함께 둘러앉아 감
상했었다. 귀양을 내려와 남북이 갈려 멀어졌으니, 이 꽃 또
한 이미 시들었으리라. 지난 일을 생각하자니 서글퍼져서 짓는
다.(庚申春, 茯庵李公回自燕京, 金繒無所私, 唯帶水仙花一根, 挿之盆水. 余
與少陵環坐賞玩. 流落以來, 朔南遼复, 而此花亦已槁矣. 感念疇昔, 惻然有述.)

뭇 나무들 드넓은 땅 위에서 자라건만
맑은 물에 뿌리 맡김 맑고도 특별하다.
한 점의 진흙에도 더럽힘을 받지 않아
낯빛도 깨끗하다 시속과 떨어졌네.
이름 날려 탁한 세상 놀라게 함 괴로웁고
숨은 향기 깊은 골에 남아 있음 못 견디리.
한겨울 찬 날씨에 수반의 물 얼게 되면
병에 담아 깊이깊이 더운 방에 간직하네.
궁벽한 곳 처음 와서 얼굴빛 붉어지니
촌사람 보고서도 눈에 뭔가 끼었던지,
무 잎이 어찌 이리 빛깔이 곱냐 하고
마늘인데 냄새가 부족타고 말들 한다.
　-손님들이 수선화인 줄 모르고 이처럼 의심하여 견주었다.(來
客不知水仙, 猜擬如此.)

그래도 전생에는 능파선凌波仙이었거니
비단버선 사뿐사뿐 자태는 정숙했지.
지렁이 배 채우는 흙은 먹기 부끄러워
매미 배 적셔주는 맑은 이슬 마신다네.
흰 꽃은 마침내 납매臘梅를 압도하고
푸른 잎은 서리 뒤의 대나무와 꼭 같구나.
온몸이 청한하여 뼛속까지 이르니
일생토록 애교 떨며 남 기쁘게 못 했었지.
고고한 그 자태가 누구와 비슷할까
아미산의 눈빛이 파촉 땅에 돋아난 듯.
섬돌 앞의 옥잠화를 돌아보며 웃노니
네가 저를 배우려 함 고니 새김 한가질세.
하룻밤에 지관池館에 보살펴줄 사람 없어
슬픈 원한 마음속에 서려들게 만들었나.
흰 꽃이 시들어서 땅 위로 떨어지면
개미 떼 와글와글 함부로 덤비겠지.

塵土坱滂寄衆木   清水托根清且獨
一點泥滓不受浣   顔色皎然離時俗
苦要揚名驚濁世   不耐韜芳在幽谷
盛冬天寒盆水凍   膽瓶深深藏暖屋
僻鄕初來面發騂   野客相看眼多肉

爭言萊菔葉正鮮　　復道葫蒜葷不足
前身只是凌波仙　　羅襪生塵姿艶淑
羞食槁壤充蚓腸　　但吸淸露濡蟬腹
白華終壓臘前梅　　翠葉眞同霜後竹
全身大抵寒到骨　　一生不解嬌悅目
借問孤標誰得似　　蛾眉雪色遙生蜀
顧笑階前玉簪花　　爾欲學彼如刻鵠
一夜池館無人護　　坐令哀恨纏衷曲
素質蔫然委塵沙　　行蟻勃勃來相觸

앞서 늪지대 덤불 속에 핀 매괴화를 노래하고 나니, 문득 유배를 떠나오기 직전 복암 이기양의 집에서 구경한 수선화가 떠오른다. 금대은잔金臺銀盞, 황금빛 꽃술에 은빛 잔 받침을 단 꽃. 흙에 뿌리 내리지 않고, 맑은 수반 위에서 꽃을 피운다. 티끌은 한 점도 용납하지 않는다. 이름을 날려 세상을 놀래는 것도 싫고, 꽃다운 향기를 아무도 없는 빈 골짝에 흩고 마는 것도 견디기 어렵다.

수선화 구근을 수반에 얹어 얼음이 꽁꽁 어는 찬 날씨에 방 안에 놓아둔다. 몸이 녹아 구근에서 파란 싹이 돋아나면, 처음 보는 사람들은 무슨 무 싹이 저리 빛깔이 곱냐고 하고, 마늘인데 냄새가 안 난다고도 했다. 수선화야! 네 별명은 능파선凌波仙이 아니었더냐. 푸른 물결을 능질러

사뿐사뿐 걸어가는 선녀의 자태. 납매를 너에 견주며, 대나무를 너에 비길까? 고고하고 청한淸寒하여 남의 미쁨을 받으려 들지 않아도 네 늠연한 기품은 감히 함부로 할 수가 없는 것을. 뜨락의 옥잠화 따위를 어찌 너에 비기겠느냐. 하지만 어이하리. 보살펴줄 사람을 잃어 그 흰 꽃이 떨어지면, 그때엔 개미 떼가 와글와글 달려들 테니. 나는 잘 모르겠다. 어째서 잡목 덤불 속의 매괴화를 생각하다가 수선화 네 모습이 함께 떠올랐는지를.

앙망坱漭 끝없이 넓은 모양. 완涴 더럽히다. 더럽혀지다. 도방韜芳 숨은 향기. 면발성面發騂 수치로 인해 얼굴이 붉어짐. 안다육眼多肉 안목이 없어 알아보지 못함. 내복萊菔 무. 호산葫蒜 마늘. 능파선凌波仙 수선화水仙花의 이칭. 물결 위를 능질러 가는 선녀에 견준 표현. 황정견黃庭堅의 「수선화水仙花」 시에, "능파선자 버선에 먼지를 일으키며, 물 위로 넘실넘실 초승달을 딛고 가네(凌波仙子生塵襪 水上盈盈步微月)"라고 표현하였음. 정숙艶淑 깊고도 맑음. 유濡 젖다. 적시다. 납전매臘前梅 섣달 전에 핀 매화. 열목悅目 남의 이목을 기쁘게 함. 각곡刻鵠 고니를 새김. 고니를 조각하다 실패해도 집오리는 되지만, 호랑이를 그리다가 잘못하면 개 모양이 된다고 한 데서 나온 말. 진짜가 아니면서 겉모양만 비슷하다는 의미. 전충곡纏衷曲 속마음에 서려 있다. 발발勃勃 개미 떼가 몰려드는 모양.

흰머리 白髮

백발 돋는 형세가 초저녁 별 나오듯
처음엔 별 하나만 겨우 나와 보이더니,
잠깐 만에 두번째 별 세번째 별 돋더니만
세번째 별 나온 뒤론 뭇 별들 앞다투네.
반짝반짝 초롱초롱 어지럽게 들어서니
바둑판에 돌 놓이듯 헤아릴 겨를 없네.
지난해 턱 아래에 터럭 하나 변하더니
남쪽 와선 갑작스레 터럭 두 개 더 났구나.
이 일은 막으려도 못 막을 줄 내가 아니
뽑는 일 그만두고 자라도록 버려두리.
생선 가시 찌른다고 잗달게 뭘 논하리
파 뿌리 얽히듯이 빽빽하게 나올 텐데.
족집게로 뽑아줄 비첩조차 없는 신세
황정黃精을 보내줄 신선 어이 있으리오.
흰머리 다시금 검게 할 수 있다 한들
이 마음은 말라버려 다시 젊기 어려우니.

白髮勢如昏星生　　初來只見一星呈
須臾二星三星出　　三星出後衆星爭
的的歷歷紛錯亂　　應接不暇棋滿枰
去年頷下一毛變　　南來倏忽添二莖
自知此事禁不得　　且休鋤拔安其萌

細瑣何論魚鯁刺　　茂密將見葱鬚縈
旣無婢妾供鐵鑷　　詎有仙客遺黃精
白髮可使有還黑　　此心已枯難再榮

이제 고작 40을 넘겼는데, 흰머리가 나기 시작한다. 남쪽
에 와서는 수염까지 흰 것이 보인다. 거울 볼 일이 없어 내
모습을 모르다가 세수하다 물에 비친 내 얼굴에 깜짝 놀
랄 때가 있다. 세월을 막겠는가? 흰머리를 막겠는가? 내
마음은 바싹 말라 무미건조하다. 흰머리를 다시 검게 해줄
황정 같은 약초는 바라지도 않겠다. 이 형극荊棘의 세월을
그저 묵묵히 견뎌낼 뿐.

적적的的 또렷하게 환한 모습. 함하頷下 턱 밑. 숙홀倏忽 갑자
기. 느닷없이. 서발鋤拔 뽑아 없앰. 어경魚鯁 생선 가시. 총수
葱鬚 파 뿌리. 철섭鐵鑷 족집게. 황정黃精 보양강장제로 쓰이는
약초 이름. 오래 먹으면 신선이 되어 장생長生한다는 식품.

시원한 비 快雨行

거센 바람 산죽 가지 불어서 뒤집더니
빗기운 멀리 느릅나무 언덕에서 몰려온다.
몇 개의 돌 무더기 흰빛의 마노 같고
뜰 가득 넘치는 물 푸른색 유리일세.
문짝이 쾅 닫히자 서책 마구 날리더니
허리띠가 떨어지고 수염 터럭 흩어진다.
「구변九辯」을 읽으면서 맨머리로 앉았다가
「오희五噫」를 생각하며 술잔 들어 통음한다.
인생살이 근심이야 무엇으로 채우려나
통쾌한 비바람에 찌푸린 눈썹 펴본다네.

疾風吹翻山竹枝　　雨色遠自黃楡陂
數點磊砢白瑪瑙　　一庭浩淼靑玻璃
門扉砰闔書帙亂　　衣帶墮落鬢髮披
科頭兀坐讀九辯　　擧杯痛飮憶五噫
人生戚戚將何補　　快雨快風聊展眉

거센 바람이 불더니 소나기가 장하게 쏟아진다. 뒤뜰의 산
죽 가지가 한꺼번에 뒤집힌다. 느릅나무 언덕 쪽에서 저
만치 밀려오는 빗발이 보인다. 건너편 돌무더기가 흰 마노
석처럼 반짝거린다. 마당엔 갑자기 푸른 시내가 길을 내
며 흘러 내려간다. 몰려온 바람이 열어둔 방문을 꽝 닫는
다. 펼쳐둔 책이 제풀에 마구 넘어간다. 바람은 허리띠를
풀고, 내 수염을 헤집는다. 묵은 체증이 쑥 내려간다. 관도
벗은 맨머리로 송옥의 「구변」을 낭랑하게 읽는다. 「오희」
를 생각하면 맨 정신으로 더 읽을 수가 없어 술잔을 벌컥
벌컥 들이켠다. 근심은 다반사요 일상사다. 모처럼 통쾌한
비바람이 잔뜩 찌푸렸던 내 눈썹을 활짝 펴주고 간다.

취번吹翻 바람이 불어 나뭇가지를 뒤집다. 뇌라磊砢 돌무더기
가 쌓여 있는 모습. 호묘浩淼 물이 성대하게 흐르는 모양. 비
합坤闔 문이 꽝 닫히다. 과두科頭 관을 쓰지 않은 맨머리. 올
좌兀坐 오도카니 앉다. 구변九辯 『초사楚辭』의 편명. 굴원屈原의
제자 송옥宋玉이 지은 작품. 스승 굴원이 모함을 입어 쫓겨난
것을 애석해하는 내용. 오희五噫 후한後漢 때 양홍梁鴻이 지은
노래. 양홍이 경사京師를 지나다가 토목공사에 백성들이 시달
리는 것을 보고서 지었다는 노래. 다섯 마디 끝마다 '희噫' 자
가 붙어 있어 오희五噫라 한다.

나그네 밤 세월 오램 갑자기 깨닫고서
하릴없이 시나 지어 슬픈 노래 대신한다.
길도 끝나 남은 것은 동해 바다뿐이니
마음이야 젊다 해도 이 내 백발 어이하리.

가을 생각 秋懷八首
-신유년 가을 장기長鬐에 있으면서
꿈 秋懷 8-1

남자주 서쪽이 바로 곧 석호인데
줄 안개 갈대 비에 어슴푸레 푸릇하다.
소신小臣이야 남가일몽南柯一夢 다시는 꾸지 않고
강변의 낚시꾼 되는 것이 소원일세.

藍子洲西是石湖 　 菰煙蘆雨碧糢糊
小臣不復南柯夢 　 願作江邊一釣徒

벽에 붙여둔 고향 산수를 그린 그림을 아침 내내 들여다
본다. 남자주 모래톱 곁에 석호가 펼쳐져 있고, 그 곁에 석
호정도 보인다. 줄 덤불은 안개에 잠겼고, 갈대숲엔 비가
내린다. 푸른 기운이 화면 전체를 흐려놓았다. 이제 와서
허망한 꿈은 꾸지도 않는다. 다만 저 강 기슭에 낚싯대 드
리워놓고 세월을 잊은 낚시꾼으로 남은 생을 건너고픈 바
람뿐이다.

남자주藍子洲 고향 소내 근처의 모래톱 이름. 고연菰煙 물가에
서 나는 풀인 줄 주변에 서린 안개. 조도釣徒 낚시꾼.

제비 秋懷 8-2

어미 제비 새끼에게 멀리 날기 가르치니
칠분七分의 고향 생각 검은 옷을 입었네.
지지배배 지지배배 모두 다 거짓말
가을바람 불기만 하면 날 버리고 가겠지.

燕母將雛習遠飛　　七分歸思著烏衣
喃喃剌剌皆瞞語　　纔得秋風棄我歸

어미 제비가 새끼 제비에게 멀리 날기를 가르친다. 제비 둥지가 날마다 부산스럽다. 들락날락 바쁘다. 강남으로 돌아갈 때가 가까워진 것이다. 날개 빛도 한결 짙어졌다. 먼 길 떠날 채비가 한창이다. 지지배배, 지지배배, 유난히 더 친한 척을 한다. 거짓말 마라. 요놈들아! 이러다 가을바람 불기만 하면, 뒤도 안 돌아보고 떠나고 말 녀석들이. 해마다 너희를 떠나보낼 때마다, 너희가 참 부럽다. 나도 돌아갈 집이 있는데, 너희들 가고 나면 나 혼자 남아 또 겨울을 나겠구나.

장추將雛 새끼를 데리고. 칠분七分 70퍼센트. 착著 입다. 남남자자喃喃刺刺 제비의 재잘대는 울음소리. 만어瞞語 거짓말. 재縱 겨우. 막.

탱자 秋懷 8-3

곱고 누른 탱자가 공놀이에 딱 좋아서
아이는 쌓기 다투고 할아비는 기뻐하네.
보아하니 쇠똥구리 재주에 불과해서
관가 정원 동그란 흰 이슬만 따 없앤다.

枳子姸黃合弄丸　　童孩鬪累阿翁歡
看渠不過蜣蜋技　　摘損官園白露團

탱자가 노랗게 익었다. 탱자를 따서 아이들이 포개 쌓기 시합을 한다. 하나둘 쌓고 무너지고, 둘 셋 쌓자 무너진다. 발발발 떨다가 세 개를 세우면 그 옆의 녀석이 다시 낑낑 대며 탱자를 포개 쌓는다. 그 곁에서 할아버지는 일없이 흐뭇한 웃음을 흘린다. 원 녀석들, 그깟 놀이에 저 부산을 떨다니. 애꿎은 놀이에 관가 울타리의 노오란 탱자만 자꾸 줄어든다. 이제 막 조 녀석만 할 막내의 모습이 자꾸 눈에 밟혀서, 나는 자꾸 아까부터 눈물을 참고 있다.

농환弄丸 공놀이. 동해童孩 어린이. 꼬맹이 투루鬪累 누가 많이 포개 쌓는지로 다투는 놀이. 아옹阿翁 할아버지. 간거看渠 그 모습을 보다. 강랑蜣螂 쇠똥구리.

가자미 국 秋懷 8-4

꽃게의 붉은 앞발 참으로 유명해도
아침마다 밥상머리 가자미 국뿐이구나.
개구리 뱀, 밀즉蜜喞까지 외려 다 먹으니
남쪽 음식 북쪽과는 다르다고 말을 말라.

紅擘蝤蛑儘有名　　朝朝還對鰈魚羹
摣蛇蜜喞猶相餉　　休說南烹異北烹

이곳에서 나는 가을철 붉은 꽃게의 토실토실 오른 앞다리 살이 진미란 말을 여러 번 들었다. 유배객의 밥상 위에 오르는 것은 어제도 오늘도 멀건 가자미 국뿐이다. 하기야 그 귀한 홍게가 내 차례까지 올 리가 있겠나. 비린 가자미 국은 비위가 아무리 좋아도 숟가락이 가질 않는다. 밥 때마다 참혹하다. 내가 입이 짧아도 개구리나 뱀도 먹을 줄 알고, 밀즉蜜喞도 먹으려면 못 먹는 것은 아니다. 밥상 앞에 앉을 때마다 한 두 수저 건성으로 뜨고 상을 내면, 남쪽 음식이 북쪽 음식과는 달라도 많이 다른 모양이라고 혀를 찬다. 어찌 하리. 음식이란 말을 붙이기조차 민망한 끼니를 겨우 때우며 산다.

홍벽紅擘 붉은 앞발. 추모蝤蛑 꽃게. 접어갱鰈魚羹 가재미국. 와사蛙蛇 개구리와 뱀. 밀즉蜜喞 꿀에 잰 새끼 쥐. 고대 중국에서 갓 태어난 새끼 쥐에게 꿀만 먹여 잔칫상에 산 채로 못으로 박아놓고 별미로 먹었다고 함. 젓가락으로 집어 먹을 때 찍찍거렸으므로 이런 이름을 얻었음. 야만적인 별미의 뜻으로 씀.

풀벌레 울음 秋懷 8-5

굼벵이 죽고 반디도 말라 나그네 맘 외로운데
가을 가고 겨울 새겨 풀벌레가 우는구나.
빈 뜰의 대 그림자 춤을 추지 말려무나
대숲에 걸린 달도 머지않아 질 터이니.

蠹死螢乾孤客心   流商刻羽候虫吟
空階藻荇休翻舞   落月無多掛竹林

반딧불이도 바싹 말라 더이상 보이지 않는다. 나무 위 굼
벵이도 사라지고 없다. 사방이 쓸쓸해서 밤이면 나그네 맘
을 더 가누지 못하겠다. 거기다 대고 어쩌자고 가을 풀벌
레는 해맑은 우성羽聲을 높이 질러 내 속을 후벼 파는 것이
냐. 추운 겨울이 곧 온다고 외치는 고함 같다. 그 소리 뒤
켠으로 겨울 바다의 칼바람 소리가 웅웅댄다. 서걱이는 소
리에 문을 열면 흔들리는 대숲의 그림자가 달빛에 얼비쳐
서, 마당이 마름풀이 흔들리는 물속 같다. 저 달도 곧 지
겠지. 하얀 밤을 나는 또 하얗게 새운다.

두사형건蠹死螢乾 굼벵이는 죽고 반딧불이는 말랐다. 『포박자
抱朴子』에 "뽕나무가 잘리면 나무굼벵이도 죽는다(桑木見斷而蠹
殄)"고 했다. 여기서는 가을이 왔다는 의미. 유상각우流商刻羽
상商과 우羽는 5음五音의 하나. 상성은 계절로 가을을, 우성은
계절로 겨울을 나타낸다. 가을이 가고 겨울이 오고 있다는 뜻.
후충候虫 계절을 알리는 벌레. 귀뚜라미, 여치 등. 조행藻荇 마
름과의 물풀. 여기서는 달빛에 어린 대숲의 그림자가 마당에
마치 물풀처럼 흔들리는 모양을 형용한 것임.

무지개다리 秋懷 8-6

새재는 비탈지고 달수는 평평하니
서울 가는 길손들 발길이 끊이잖네.
동해에 티끌먼지 일어난 뒤로부터
무지개다리 응당 상청上淸까지 맞닿으리.

鳥嶺靡迤溢水平　　行人絡繹向西行
自從東海生塵後　　應是虹橋接上淸

이곳에서 새재 길로 잡아 올라가면 고작 열흘이면 서울에
닿는다. 나도 이 가을 행장을 날렵하게 차려서는 서울 길
로 무작정 떠나고 싶다. 저들의 대열에 합류하고 싶다. 하
지만 풍파를 만나 먼 곳에 귀양 오고 보니, 저 길은 더이상
내가 걸을 수 있는 길이 아니다. 임금이 보고 싶고, 식구가
그리워도 나는 옴짝달싹 못하고 여기에 붙들려 있다. 나는
밤마다 꿈길로 난 무지개다리를 건넌다. 둥실둥실 내달아
곧장 임 계신 곳 앞에 미끄럼을 타고서 사뿐 내려 입을 열
어 말하려는 순간 내 꿈은 중간에 깨고 만다.

조령鳥嶺 문경 새재. 미이麋迤 비스듬한 경사. 달수鐽水 탄금대
앞을 흐르는 달천鐽川. 서행西行 서쪽으로 가는 걸음. 서울 가
는 길을 말한다. 경상도에서 상경 길이 죽령 길이나 추풍령 길
보다 조령 길이 빠르고 평탄하므로 한 말. 상청上淸 옥황상제
가 계신 곳. 여기서는 임금이 계신 곳.

찬 꽃 秋懷 8-7

초록 물결 저물녘 바람에 일렁이고
환한 국화꽃은 풀 덤불에 숨어 있네.
귀뚜라미 잡는 촌아이들 괴이타 하지 마라
낚시하는 늙은이가 시켜 하는 일이라네.

綠漪吹緊夕陽風　　熠熠寒花隱草中
莫怪村童拈蟋蟀　　指揮原有釣魚翁

저물녘 스산한 바람에 방죽의 푸른 수면이 바짝 긴장한다.
바람이 풀더미를 헤집을 때마다 볕을 받은 들국화가 반짝
반짝 빛난다. 꼬맹이들은 귀뚜라미를 잡겠다고 풀섶을 헤
맨다. 제가 무얼 안다고 저 애끊는 소리를 못 울게 할려
구? 그게 아니라 물가에 낚싯대를 드리운 할아버지가 고
기 낚을 미끼로 쓰려는 심산이다. 가을 해가 뉘엿한 어스
름, 물 위를 한 번씩 훑는 바람의 그림자. 보석처럼 반짝
이다 금세 묻히는 찬 꽃. 곧 어둠이 내리고 이슬이 돋겠지.
할아버지 따라 아이들도 돌아가고 나면, 숨죽였던 귀뚜라
미들이 일제히 울 것이다. 내 마음에도 어느새 울음소리가
가득하다.

녹의綠漪 초록빛 잔물결. 습습熠熠 반짝반짝 빛나는 모양. 한
화寒花 찬 꽃. 여기서는 가을 들국화. 넙拈 잡다. 집다. 실솔蟋
蟀 귀뚜라미.

참외밭 秋懷 8-8

참외밭에 다리 네 개 원두막을 지키느라
외밭 영감 온 식구가 여기서 지내누나.
이 가운데 즐거운 일 아는 이 누구일까
바다와 산 소란해도 아무런 근심 없네.

四脚瓜田守草樓　　瓜翁盡室此淹留
此中樂事人誰識　　海鬧山喧了不憂

가을 참외밭. 늦물의 참외가 여기저기 노란 빛깔을 드러낸
다. 개구쟁이들이 서리하러 오면 어쩌나, 애써 지은 참외농
사가 손을 탈까봐 주인 영감네는 아예 온 식구가 집을 비
워두고 원두막에 올라가 산다. 바람이나 쐴까 싶어 근처를
어정거리면, 바람결에 웃고 떠들다 깔깔대는 소리, 밭 사
이에서 노란 참외를 따다가 뭐라고 외치는 소리, 새참 내
가는 소리, 아이들 뛰어노는 소리, 없는 소리 없이 다 들린
다. 나는 가만히 서서 두 눈을 감고 그 소리를 듣는다. 세
상이 온통 시끄러워도 이곳만은 낙원이다.

과전瓜田 참외밭.　초루草樓 짚으로 지붕을 얹은 원두막.　엄류
淹留 오래 머묾. 여기서는 아예 이곳을 임시 거처로 삼아서 지
낸다는 뜻.　해뇨산훤海鬧山喧 바다 파도와 산바람 소리가 시끄
럽다는 의미. 세상이 소란하다는 뜻으로도 읽을 수 있다.

강진 유배기의 한시

1801. 11. 5. ~ 1818. 9. 10.

나그네 회포 客中書懷

흩날리는 눈처럼 북풍이 날 불어와
남녘 땅 강진의 밥 파는 집까지 왔네.
그나마 남은 산이 바다 빛을 가려주고
대숲 둘러 세월을 보내게 됨 다행일세.
땅의 장기癢氣 때문에 겨울옷 외려 얇고
근심 많아 밤중 되면 술을 더 마신다네.
나그네 근심을 녹여주는 한 가지는
섣달 전에 동백이 꽃을 피운 것이라네.

北風吹我如飛雪　　南抵康津賣飯家
幸有殘山遮海色　　好將叢竹作年華
衣緣地瘴冬還減　　酒爲愁多夜更加
一事纔能消客慮　　山茶已吐臘前花

밥 팔고 술 파는 주막집에 겨우 거처를 정했다. 서문으로
들어서서 읍내를 가로지르는 동안 아무도 나를 자기 집에
들이려 하지 않았다. 매몰차게 문을 닫고 돌아섰다. 북풍
은 휘몰아치는데, 지친 몸을 끌고 한 집 한 집 닫힌 문 앞
을 지나오는 동안 나는 참 생각이 많았다. 저 캄캄한 바다
위 섬으로 귀양을 간 형님보다는 내 형편이 훨씬 낫겠지.
겨울인데도 장기瘴氣가 무서워 옷을 오히려 가볍게 입는다.
밤중에는 활활 타는 가슴을 식히려고 술 힘을 빌리곤 한
다. 섣달 전인데도 동백꽃이 붉게 피었다. 꽁꽁 언 눈 속에
핀 저 붉은 꽃에서 나를 추스릴 힘을 다시 얻는다. 내 인
생의 새봄도 저리 올까 싶어, 자꾸 그 붉은 꽃을 올려다보
곤 한다.

매반가賣飯家 밥 파는 집. 1801년 11월에 강진에 유배 와서 처음
거처로 정한 강진 동문 밖 주막집. 차遮 막다. 가리다. 총죽叢
竹 대나무 숲. 장瘴 습하고 더운 땅에서 나는 나쁜 기운 재纔
겨우. 간신히. 산다山茶 동백.

새해에 집 편지를 받고 新年得家書

1802년 2월 초.

아들이 보내온 의서醫書 新年得家書 2-1

해가 가고 봄 온 줄도 아득히 몰랐는데
새소리 날로 변해 웬일인가 싶었지.
고향 근심 비만 오면 등나무 넝쿨 같고
겨울 나며 마른 몰골 대나무 가지 같다.
세상 꼴 안 보려고 문 여는 일 늦어지고
찾아올 손님 없어 이불도 더디 갠다.
아이들도 무료함을 때우는 방법 알아
의서醫書를 베껴 써서 소식 편에 부쳐왔네.

歲去春來漫不知　　鳥聲日變此堪疑
鄕愁値雨如藤蔓　　瘦骨經寒似竹枝
厭與世看開戶晚　　知無客到捲衾遲
兒曹也識銷閒法　　鈔取醫書付一鷗

해가 바뀐 줄은 알았지만 봄소식은 몰랐다. 하루가 다르게 새들의 목청이 터지는 것을 듣고서야 뒤늦게 계절의 변화를 실감했다. 비만 오면 고향 생각, 가족 걱정에 근심만 등나무 넝쿨 같다. 빗소리는 모두 내 눈물이다. 몸이 비쩍 말라 대꼬챙이가 따로 없다. 겨우내 나는 골방문을 닫아걸고 지냈다. 기웃대는 눈길이 싫었다. 이불을 아예 개지도 않았다. 춥기도 하려니와, 찾아올 사람도 없었다. 마땅히 볼 책도 없는지라, 생각만 점점 많아졌다. 아들은 편지를 보내면서 깨알 같은 글씨로 의서醫書를 베껴 동봉했다. 병이라도 나면 이걸 읽어 몸 간수를 잘하라는 뜻이겠지. 씁쓸해서 웃는다. 긴 시간 못난 아비를 염려해 베껴 썼을 생각을 하니 마음이 짠하다.

감의堪疑 의심할 만하다.　등만藤蔓 등나무 넝쿨.　권금捲衾 이불을 개다.　소한법銷閒法 한가함을 없애는 방법.

어린 종이 천 리 길에 편지를 전하고는
초가 주막 등잔 아래 홀로 길게 한숨 쉰다.
어린 자식 농사 배움 아비 나무라는 듯
병든 아내 지은 옷은 지아비를 아낌일세.
즐김 알아 먼 데까지 붉은 찰밥 보냈는데
굶주림을 구하려고 쇠 투호投壺를 팔았다지.
답장을 쓰려 해도 달리 할 말 없길래
뽕나무를 수백 그루 심으라고 당부했네.

千里傳書一小奴　　短檠茅店獨長吁
稚兒學圃能懲父　　病婦縫衣尙愛夫
憶嗜遠投紅稬飯　　救飢新賣鐵投壺
施裁答札無他語　　飭種壓桑數百株

심부름 온 어린 종이 제 큰 주인의 꼴을 보고 땅이 꺼져라
한숨을 내쉰다. 어린 자식은 보내온 편지에서 농사일을 배
우고 있다고 적었다. 민망하다. 병든 아내는 새로 옷을 지
어 보냈다. 내가 평소 좋아하는 붉은 찰밥도 이 먼 곳까지
싸서 보내주었다. "아버님! 먹고살 일이 막막하고, 보낼 돈
이 없어서 쇠 투호를 팔았습니다." 아들의 편지를 읽고 나
니 더 할 말이 없다. 답장을 하려고 붓을 드는데, 머릿속이
하얗게 비어 쓸 말이 없다. 고작 잘 지내니 염려 말란 말
하고 나서 뽕나무를 더 많이 심어야 한다는 당부만 잔뜩
늘어놓고 만다.

단경短檠 키 작은 등잔 걸이. 장우長吁 길게 탄식하다. 징부懲
父 아비를 나무라다. 경의絍衣 옷을 짓다. 홍나반紅穤飯 붉은
쌀밥. 염상檿桑 뽕나무.

세 가지 소리 三聲詞
다듬이 소리 三聲詞 3-1

어떤 때 맘 가누기 어려웁던가
맑은 밤 다듬이질 소리 들릴 때.
처음엔 적막하게 외방망이 치더니만
빨라지다 어느새 쌍방망이 울리누나.
외방망이 은병에 떨어지는 몇 방울 물이라면
쌍방망인 연꽃 방죽 소낙비에 천 개 구슬 쏟는 듯해.
문 열어 하늘 보면 달빛은 옥과 같고
대나무 그림자 너울너울 지붕엔 서리 가득.

何處難爲情　　　　淸夜搗衣聲
寂寂初聞隻杵動　　跳跳忽作雙杵鳴
隻杵銀壺殘漏數點滴　雙杵荷塘急雨千珠傾
開門看天月如玉　　竹影襆襢霜滿屋

204

깊은 밤에 탁탁톡톡 들려오는 다듬이 소리, 이 소리만 들으면 나는 속절없이 허물어지고 만다. 애써 덤덤한 척해도 속으로 눈물이 골골 타고 흐른다. 한밤중 외방망이가 서두를 잡아 탁탁탁탁 외장단을 놓다가 어느 순간 탁탁톡톡 탁탁톡톡 쌍방망이 장단이 덧포개진다. 잦아들 듯 커지고, 빨라지다 느려지는 이 소리가 나를 못 견딜 그리움 속으로 몰아간다. 차분하던 마음이 방망이 장단 따라 미친 널을 뛴다. 못 견뎌 창문을 활짝 열면 하늘에는 둥근 달빛, 지붕에는 하얗게 앉은 서리. 스스스 대밭의 바람 소리에 가을밤이 깊어간다. 그리움이 쌓여간다.

도의성搗衣聲 옷 다듬이질하는 소리. 척저隻杵 외방망이. 점적 點滴 물방울. 이시襹襹 그림자가 너울대는 모습.

빨래 방망이 소리 三聲詞 3-2

어떤 때 맘 가누기 힘이 들던가
봄 대낮에 솜옷 빠는 소리 들을 때.
봄바람 비를 불어 호수 언덕 지나가니
푸른 샘 물 넘치고 성엔 구름 개었네.
급한 소리 더 많고 느린 소린 적으니
여린 맘 굽이굽이 정성 가득 품었구나.
낭군 옷이 서리처럼 희어지길 바랄 뿐
손발에 굳은살 박이고 얼어도 아무렇지 않아요.

何處難爲情　　　　春晝洴澼聲
春風吹雨過湖岸　　碧甃水溢城雲晴
急杵聲多緩杵少　　柔腸曲曲懷精誠
但願郎衣潔白如霜雪　妾手妾足胼胝凍赤猶可悅

206

울타리 너머 우물 샘이 봄 한낮에 요란하다. 겨우내 낭군
이 입은 솜옷을 빠는 빨래 방망이 소리다. 봄바람은 포구
를 지나며 물결을 말고, 푸른 물 넘치는 샘에 비친 하늘엔
구름 한 점도 없다. 손이 시리고, 팔이 아프지만, 솜옷을
두드리는 빨래 방망이 소리는 계속 다급하다. 방망이질마
다 땟국물이 빠져나온다. 깨끗이 빤 옷을 봄볕에 바짝 말
리면 눈처럼 흰 새 옷이 되겠지. 우리 낭군이 입으실 때마
다 마음이 새틋하시겠구나. 손에 박인 굳은살, 벌겋게 꽁
꽁 언 손쯤이야 무슨 대수겠는가? 빈방에 누워 근처 우물
가에서 여인네들의 두런두런 말소리와 빨래 방망이질 소
리가 들려오기만 하면, 나는 눈을 꽉 감고 고향의 아내 생
각을 한다.

병벽洴澼 솜옷을 물에 빨다. 벽추碧甃 푸른 벽돌로 쌓은 우물.
변지胼胝 굳은 살이 박이다.

물레 소리 三聲詞 3-3

어떤 때 맘 가누기 괴로웁던가
갠 아침 물레 잣는 소리 들을 때.
띳집 처마 볕 따스해 고양이가 등을 쬐고
목화와 솜 앞기둥에 바리바리 쌓여 있네.
꾀꼬리 제비 소리 쉴 새 없이 조잘대며
온 식구 안락하게 함께 살길 꾀하누나.
우리 집 동창에도 붉은 해가 비치면
어린 딸 나사 축을 손으로 돌리겠지.

何處難爲情　　晴朝攬車聲
茅檐日暖猫炙背　吉貝綿子堆前楹
鸚言燕語連不絶　室家安樂謀共生
吾家東牕正紅旭　稺女手調螺螄軸

맑게 갠 아침, 길쌈하며 물레 잣는 소리도 듣기가 괴롭다.
궁금해 내다보면 볕바라기를 하는 고양이 등은 포실하고,
목화와 솜은 바리바리 쌓였다. 꾀꼬리와 제비는 새 보금자
리를 꾸미느라 부산하다. 이맘때면 내 집도 그랬었지. 동
창에 아침 해가 비쳐 들면 어린 딸은 면화씨를 앗으려고
나사 축으로 된 박면교거剝綿攪車(톱니바퀴로 맞물려 면화 씨앗을 앗
는 기계)를 돌리곤 했다. 오늘 이 아침, 고향 집의 정경이 어
제 일 같다. 덜커덕 덜커덕 찌익 짝, 덜커덕 덜커덕 찌익
짝, 이웃에서 들려오는 물레 잣는 소리에 내 마음은 천리
밖으로 달려간다. 안에서 무언가 울컥하고 올라온다.

남거攬車 물레를 잣다. 모첨茅檐 띳집 처마. 자배炙背 등을 쬐
다. 길패吉貝 목화. 나사축螺螄軸 면화 솜을 앗는 나사 모양으
로 된 축. 박면교거剝綿攪車를 말한다.

어떤 때 맘 가누기 힘이 들던가
봄 대낮에 솜옷 빠는 소리 들을 때.

봄바람 비를 불어 호수 언덕 지나가니
푸른 샘 물 넘치고 성엔 구름 개었네.

새벽에 앉아 曉坐

조각달 새벽녘 돋아나오니
맑은 빛 간대도 얼마나 가리.
간신히 작은 뫼를 올라와서는
힘없이 긴 강물을 건너는구나.
만호에선 단잠이 한창이건만
외론 객이 혼자서 노래 부른다.

缺月生殘夜　　清光能幾何
艱難躋小巘　　無力度長河
萬戶方酣睡　　孤羇獨浩歌

밤의 끄트머리에서 조각달이 그제야 고개를 빼꼼 내민다. 해사한 맑은 빛이 사랑스럽지만, 잠시 후 동녘에 해가 뜨면 자취도 없이 스러지고 말겠지. 고작 저 작은 멧부리 하나 건너오느라 밤새 그렇게 애를 썼구나. 하지만 저 달빛은 긴 강물을 채 다 건너지도 못해 그만 물속에 빠지고 말 것만 같다. 세상은 단꿈이 아직도 한창인데, 저마다 가족들과 함께 잠을 자고 깨는데, 타관의 나그네는 혼자서 노래 부르며 긴 밤을 지새운다. 여보게, 달님! 좀더 힘내시게. 긴 강물 건너 저편 세상까지 그 빛을 비춰줘야지. 물에 빠지면 안 되네. 주저앉으면 안 되네.

결월缺月 이지러진 달. 제臍 오르다. 감수酣睡 잠이 한창이다.

혼자 웃다 獨笑

곡식 있는 사람은 먹을 이 없고
아들이 많고 보면 배곯아 걱정.
지체 높은 벼슬아치 꼭 멍청하고
재주 있는 사람은 쓰일 데 없네.
집마다 온전한 복은 드물고
지극한 도리는 늘 쇠약하구나.
인색한 아비에 방탕한 자식
지혜로운 아내는 꼭 못난 서방.
달이 차면 구름과 자주 만나고
꽃 피자 바람이 그르쳐놓네.
사물이 모두 다 이와 같거니
홀로 웃음 아는 이 아무도 없네.

有粟無人食   多男必患飢
達官必憙愚   才者無所施
家室少完福   至道常陵遲
翁嗇子每蕩   婦慧郎必癡
月滿頻値雲   花開風誤之
物物盡如此   獨笑無人知

재산을 모아 먹고살 만한 사람은 함께할 가족이 없다. 막상 그가 부러워할 아들이 많은 집은 양식이 떨어져 자식 배를 자주 곯리는 것이 안타깝다. 조정의 높은 벼슬아치는 어쩌면 저렇게 무능한 자들뿐이고, 재주 있는 선비는 그 재주를 펴볼 기회조차 갖지 못한 채 재야에서 썩고 있다. 서로 역할을 바꾸면 좀 좋을까. 두루 살펴봐도 모든 복을 다 갖춘 집은 하나도 없다. 말세가 되어가는 증거로구나. 아비가 구두쇠 노릇을 해서 한 푼 두 푼 아껴 모은 재산을 아들은 색주가에 한입에 털어 넣고 만다. 아내가 알뜰살뜰 장만한 살림으로 못난 서방은 남 좋은 일만 시킨다. 보름달 달구경 좀 하려 하면 이상하게 구름이 낀다. 꽃 피면 마음이 좀 환해질까 싶어 기다렸는데 밤사이 바람이 갓 핀 꽃을 진창에 떨궈버린다. 참 야릇도 하지. 세상일이 어쩌면 이렇게 생각과 반대로만 갈까. 지나온 삶 돌아보다가 하도 어이가 없어 혼자 피식 웃고 만다.

용우憃愚 바보 멍청이. 어리석고 용렬함.   능지陵遲 쇠퇴해가는 모양.   색嗇 인색하다.   탕蕩 방탕하다.

근심이 밀려와 憂來十二章
불면 憂來 12-1

어려선 성현 배울 마음을 품고
중년엔 현자라도 되길 바랐지.
늙어가매 하우下愚도 달게 여기며
근심 오면 잠조차 자질 못하네.

弱齡思學聖　　中歲漸希賢
老去甘愚下　　憂來不得眠

216

젊어선 성인聖人이 내 삶의 목표였다. 노력하면 될 수 있다고 믿었다. 기쁘고 벅찼다. 중년이 되며 성인의 꿈은 접었다. 그래도 현인賢人은 될 수 있으리라 바랐다. 이제 늙마에 접어들어, 현인의 꿈도 언감생심이다. 하우下愚의 속인으로 살아가는 것만도 달고 고맙다. 젊어서는 포부에 벅차 시름이 아예 없었다. 중년엔 걱정이 있어도 나름 자신이 있었다. 다 늙은 지금은 근심을 데리고 산다. 근심이 내게 오면 그 근심을 동무 삼아 긴 밤을 잠 못 들고 이리 뒤척 저리 뒤척인다. 사라진 꿈이 아쉽지만 부끄럽지는 않다. 성현의 길에서 비록 멀어졌어도 그러려니 한다. 이것이 이즈음의 내 깨달음이다.

약령弱齡 약관의 나이. 우하愚下 하우와 같다. 어리석은 하급의
사람.

물을 곳 憂來 12-2

복희의 시절에 못 태어나서
복희에게 물어볼 길이 없구나.
공자의 세상에 못 태어나서
공자에게 물어볼 길도 없구나.

不生宓羲時　　無由問宓羲
不生仲尼世　　無由問仲尼

『주역』을 공부하는데, 생각이 꽉 막힌다. 풀이를 쓰는데
풀리지 않는다. 복희씨의 세상에 태어났더라면 복희씨를
찾아가 막힌 곳을 물었으리라. 공자의 시대에 태어났다면
당장 공자를 찾아뵙고 이 답답한 심정을 토로하고 싶을 정
도다. 그들은 이미 가고 없고, 답답한 나만 여기 혼자 남아
서, 이 궁리 저 궁리가 깊다. 아! 답답하다. 누가 내 막힌
문제를 뚫어다오. 꽉 막혀 제자리를 맴돌고 있는 생각의
물꼬를 시원스레 틔워다오.

복희宓羲 『주역』 8괘를 처음 만들었다는 태고의 제왕. 중니仲尼
공자의 자. 『주역』의 원리를 풀어 후세에 알렸다.

야광주 憂來 12-3

한 알의 빛나는 야광 구슬을
오랑캐 장사치의 배에 실었지.
한바다서 바람 만나 가라앉더니
만고에 그 빛이 환하지 않네.

一顆夜光珠　　偶載賈胡舶
中洋遇風沈　　萬古光不白

오랑캐 세상이다. 천지는 암흑 속에 들었다. 밤에도 반짝이는 야광 구슬만 있으면 이 어둠을 송두리째 밝힐 수 있을 텐데, 한바다 깊은 속에 가라앉아 그 빛을 다시는 볼수가 없다. 어찌하여 오랑캐의 배에 야광주를 실었던가? 어쩌다가 그 구슬을 바다에 빠뜨렸나? 성현의 도는 땅에 떨어지고, 떳떳한 의리는 바닷속 깊은 곳에 가라앉았다. 그 구슬 어디서 되찾아 건져올까? 이 어둠을 무엇으로 환히 밝히려나?

일과一顆 한 알. 한 덩어리.   우재偶載 우연히 싣다.   가호박賈胡舶 오랑캐 장사치의 선박.

어둠 憂來 12-4

입술 바짝 타더니만 입도 마르고
혀 갈라져 목구멍도 쉬어버렸네.
내 마음 아는 자 아무도 없고
어느새 어둠이 닥쳐오누나.

脣焦口旣乾　　舌敝喉亦嗄
無人解余意　　騤騤天欲夜

안타깝다. 아무도 모르고 알려고도 않는다. 그러면 안 된
다고, 이래야만 한다고 알려주고 싶은데 아무도 귀를 기울
이지 않는다. 입술이 타고 입이 바짝바짝 마른다. 혀가 갈
라지고 목은 꽉 잠겨버렸다. 어찌하면 좋은가? 닥쳐오는
저 캄캄한 어둠 앞에서 나 혼자 발을 동동 구른다. 무슨
소용이 있나? 막상 어둠이 오면 그제야 난리들을 치겠지.
하지만 그때는 너무 늦었다.

순초脣焦 입술이 타다.   사嗄 목이 잠기다. 목이 쉬다.   첩첩駤駤
재빠른 모양.

통곡 憂來 12-5

취해 북산 올라가 통곡을 하니
통곡 소리 하늘까지 도달하누나.
옆 사람 내 속뜻도 알지 못한 채
나더러 신세 궁해 슬퍼한다고.

醉登北山哭　　哭聲干蒼穹
傍人不解意　　謂我悲身窮

술 취하면 북쪽 산에 올라가 통곡을 한다. 임금 계신 곳을
향한 내 통곡 소리는 하늘까지 닿아 올라갈 것만 같다. 나
는 이토록 안타까운데, 나는 이만큼 속이 타는데, 함께 간
사람은 '저이가 살기가 참 고된 모양이로구나. 얼마나 맺힌
게 많고 신세가 궁하면 저리 울까?' 하며 불쌍하다는 표
정을 짓는다. 내 울음은 내 신세를 슬퍼 우는 울음이 아니
다. 이 나라, 이 백성, 이 종묘사직의 장래를 슬퍼하는 울
음이다. 어찌할까? 이 노릇을 어찌하나? 나는 두 눈 멀쩡
히 뜨고 안타깝기만 할 뿐 아무것도 할 수가 없다. 그래서
통곡한다.

창궁蒼穹 푸른 하늘.

손가락질 憂來 12-6

주정하고 욕설하는 천 사내 속에
단정한 선비 하나 엄숙도 하다.
천 사내 만 손가락 가리키면서
이 한 사람 미쳤다고 말들 하겠지.

酗誶千夫裏　　端然一士莊
千夫萬手指　　謂此一夫狂

나는 아직도 내 잘못을 잘 모르겠다. 온통 술 취해 미쳐
날뛰는 인간들 속에서 곧게 앉아 맨 정신으로 있은 것밖
에는. 저들은 더욱 미쳐 날뛰며 날 미친놈 취급해서 이 먼
곳까지 왔다. 묻겠다. 술 미치광이들과 함께 부화뇌동하지
않은 것이 잘못인가? 맨 정신으로 정신 차려 마음 다잡은
것이 허물인가?

후수酗誶 술주정하며 욕을 하다. 장莊 엄숙하다.

탐욕 憂來 12-7

늙음이야 어찌해볼 도리가 없고
죽음도 어찌해볼 도리가 없네.
죽으면 되살아날 수 없는데
인간을 천상처럼 여기는구나.

無可奈何老　　無可奈何死
一死不復生　　人間天上視

한세상 사는 일이 늙어 죽고 병들어 죽는다. 잠깐 들렀다 가는 삶이 아닌가. 죽어 흙에 묻히면 그것으로 그만이다. 살아 부귀영화를 누린들 죽고 나면 그뿐이다. 아! 무섭다. 저들은 대체 어떤 사람인가? 잠시 묵었다 떠나는 여인숙 같은 인간 세상을 마치 영원무궁한 천상 세계라도 되는 듯이 여기고 있구나. 그 탐욕이 끝없고, 그 사치가 끝없다.

무가내하無可奈何 어찌해볼 방법이 없다.

상심 憂來 12-8

어지러이 헝클어진 눈앞의 일들
제대로 합당한 것 하나도 없네.
올바로 정돈할 방법이 없어
생각자니 한갓되이 맘만 상한다.

紛綸眼前事　　無一不失當
無緣得整頓　　撫念徒自傷

세상일 둘러보면 다 엉망이다. 헝클어진 실꾸리처럼 실마
리가 잡히지 않는다. 풀려 들면 더 엉킨다. 대책이 서질 않
는다. 나는 이렇게 무력한 존재였나? 그간의 공부는 헛공
부였나? 알면서도 손대지 못하고, 보이는데 방법을 모르겠
다. 아! 실망스럽구나.

분륜紛綸 헝클어져 어지러운 모양.   실당失當 마땅함을 잃다. 엉
망진창이다.   무연無緣 방법이 없다.   무념撫念 가만히 생각하다.

마음 憂來 12-9

마음이 육신에게 부림당함은
도연명도 직접 말을 한 적이 있네.
백 번을 싸워서 백 번 다 지니
내가 봐도 얼마나 어리석은지.

以心爲形役   淵明亦自言
百戰每百敗   自視何庸昏

내 마음은 번번이 내 몸뚱이에 휘둘린다. 나는 내 마음의 주인으로 살지 못하고, 육체의 종이 되어 살았다. 옳은 줄 알면서도 귀찮아서 외면했고, 해야 할 일인데도 피곤해서 밀쳐두었다. 배를 채우기 위해 못 하는 일이 없었고, 이익만 된다면 의로움은 거들떠보지도 않았다. 몸과 마음이 싸우면 늘 몸이 이겼다. 마음은 결과를 합리화하기 바빴다. 나는 내 몸뚱이의 종이요, 하인이다. 이 어리석은 놈!

위형역爲形役 형상의 부림을 당하다. 도연명이 『귀거래사』에서 한 말이다. 용혼庸昏 용렬하고 어리석다.

세월 憂來 12-10

태양은 빠르기 새가 나는 듯
탄환도 따라갈 수가 없다네.
붙들어 멈추게 할 방법이 없어
생각자니 내 속만 구슬프구나.

太陽疾飛霆　　銃丸不能追
無緣得攀駐　　念此腸內悲

세월이 무섭다. 귀 곁으로 쌩쌩 지나간다. 총알보다 빠르다. 나는 새보다 빠르다. 넋 놓고 있으면 벌써 저만치 갔다. 해야 할 일이 아직 많은데, 하고픈 일이 쌓여 있는데, 저 세월을 붙들어놓지 않고는 아무 소용이 없겠다. 내 발은 여기 이렇게 묶여서 꼼짝도 못하고, 세월만 쏜살같이 우루루 달아났구나. 이 생각만 하면 애가 탄다. 마음이 다급해진다.

비확飛霍 확霍은 새가 획 날아가는 소리. 반주攀駐 매달아 그 자리에 머물게 하다.

범과 이리 憂來 12-11

범과 이리 어린 양을 잡아먹고서
붉은 피가 입술에 잔뜩 묻었네.
범과 이리 위세가 대단하여서
여우 토끼 그 어짊을 찬양하누나.

虎狼食羊羖　　朱血膏吻唇
虎狼威旣立　　狐兎贊其仁

나쁜 놈이 나쁜 짓 해도 힘없는 놈은 그 밑에서 설설 기며 비위를 맞춘다. 범과 이리가 어린 양을 잡아먹어 주둥이에 피 칠갑을 했다. 뻔히 그 모습을 보고도 위세가 무서워서 아무 말 못 하고, 고작 한다는 소리가 이렇다. "어지신 덕으로 저희를 이렇게 돌봐주셔서 감사합니다." '고맙기는 뭐. 다음은 네 차례다' 하는 표정으로 범과 이리가 찡긋 웃는다.

양고羊羔 어린 양. 고膏 기름지다. 여기서는 잔뜩 묻었다는 뜻.

복숭아나무 憂來 12-12

무성한 작은 복숭아나무
봄이면 가지 가득 꽃을 피우지.
세모에 부러져 꺾이고 나면
쓸쓸히 옛 자태 볼 수가 없네.

榮榮小桃樹　　方春花滿枝
歲暮有摧折　　蕭蕭非故姿

아담한 복숭아나무 가지에 복사꽃이 활짝 폈다. 그 무성
한 가지며 꽃이라니, 참 탐스럽고 어여쁘다. 하지만 여름
태풍 지나고, 가을 소나기 맞고, 겨울바람 겪고 나선 앙상
하고 추레한 몰골만 남겠지. 나도 한때는 이들이들 어여쁜
복숭아나무였다. 가지마다 꽃이 만발하고, 단맛 나는 복
숭아를 주렁주렁 달았었다. 그런데 이게 뭔가? 남은 것은
여기저기 생채기뿐이다. 세상은 인재를 아끼지 않는다. 이
용만 해먹고, 단물만 빼먹는다. 내 봄날은 어디 있나. 내
봄날을 돌려다오.

영영榮榮 무성한 모양.   최절摧折 부러지고 꺾어지다.   고자故姿
예전 자태.

높아지면 언제나 떨어질 걱정
　　떨어지면 마음 외려 후련하다네.
수레 탄 벼슬아치 우러러보면
　　아등바등 거꾸로 매달린 듯해.

근심을 보내고 遣憂
각성 遣憂 12-1

부리鳧吏라고 구석진 것은 아니고
진단震旦이 중앙인 것도 아닐세.
둥글둥글 동그란 땅덩어리는
본래부터 동서의 구분 없다네.

鳧吏未必偏　　震旦未必中
團團一丸土　　本自無西東

부리는 동쪽 오랑캐 부족의 하나니, 우리의 다른 이름이
다. 저들이 우리를 업신여겨 부른 이름이다. 진단은 중국
이다. 중국이 중앙에 있고, 우리는 동쪽 귀퉁이에 있다. 저
들은 문화의 중심이고, 우리는 후진 변방이다. 하지만 동
서의 구분, 중앙의 기준은 누가 정했나. 공처럼 둥근 지구
에서 동서의 구분이란 얼마나 우스운가. 지구 좌표축을 조
금 돌리면, 좀 전의 동쪽이 중앙으로 변한다. 앞서의 중앙
은 서쪽으로 밀려난다. 우리도 중심이 될 수 있다. 우리도
중앙이 될 수 있다. 저들의 뒤꽁무니만 보고 떠받든 세월
이 분하다.

부리鳧吏 동이東夷의 아홉 종족 중 하나. 여기서는 우리나라를
뜻함. 진단震旦 고대 인도에서 중국을 가리키는 표현. 『번역명
의집繙譯名義集』에 "동방은 진震에 속하여 해 돋는 지방이므로
진단이라 한다"고 했다.

배려 遣憂 12-2

천하의 모든 책 다 읽고 나서
마침내 『주역』으로 토하려 했지.
하늘이 머뭇댐을 깨뜨리려고
내게 삼 년 귀양살이 내려주셨네.

盡茹天下書　　竟欲吐周易
天欲破其慳　　賜我三年謫

경전 공부의 끝은 『주역』이려니 했다. 눈앞의 온갖 경전을 다 섭렵한 후, 그 온축을 『주역』 공부에다 남김 없이 펼치려 했다. 하지만 이런저런 일에 치여, 발등에 떨어진 불을 끄려 우왕좌왕 좌충우돌하는 동안 결심은 여려지고 다짐은 무뎌졌다. 하늘이 나의 이런 성품을 잘 알아 한번 결단해서 끝장을 보라고 지난 3년간의 귀양살이를 허락해주셨구나. 귀양이 아니었더라면 내가 언제 작심하고 이렇듯 『주역』 공부에 잠심할 겨를이 있었겠는가? 귀양이 아니었더라면 내가 언제 딴마음 먹지 않고 오로지 여기에만 매달릴 수 있었겠는가? 하늘의 깊은 뜻을 새삼 새기며 하루하루를 건너고 있다.

여茹 먹다. 여기서는 읽어치우다의 의미. 간慳 아끼다. 머뭇대다. 결단에 옮기지 못하는 모양.

자족 遣憂 12-3

하늘 있어 내 머리를 둘 수가 있고
땅이 있어 내 발을 놓을 수 있네.
물이 있고 곡식도 아울러 있어
절로 와서 내 배를 채워주누나.

有天容我頂　　有地容我足
有水兼有穀　　自來充我腹

하늘 아래 땅 위가 내 터전이다. 내 발로 못 갈 데가 없고, 내 머리로 못 할 생각이 없다. 나는 천지간의 자유인이다. 목마르면 물 마시고, 배 고프면 밥 먹는다. 굳이 아옹다옹 하지 않아도 딱 부족하지 않을 만큼 베풀어주신다. 이 땅이 하늘 아래 배 곯을 일이 전혀 없다. 답답하지 않다. 부족하지 않다.

용쏨 용납하다. 받아들이다.　자래自來 스스로 오다. 제 발로 오다.

각몽 遣憂 12-4

부귀란 진실로 한바탕의 꿈
궁함 또한 한바탕 꿈일 뿐일세.
꿈이야 깨고 나면 그뿐인 것을
육합도 한 차례 장난인 것을.

富貴固一夢   窮阨亦一夢
夢覺斯已矣   六合都一弄

부귀란 것, 깨고 보면 한바탕 봄꿈일 뿐이다. 궁하고 험난
한 인생길도 돌아보면 덧없다. 꿈같은 인생이 꿈같은 세상
에서 꿈꾸며 살다 꿈속에 죽는다. 꿈을 깨지 못하니 늘 안
타깝고, 항상 속이 상한다. 꿈속을 헤매고 있으니 언제나
몽롱하고, 둥둥 떠나니는 것만 같다. 인생아, 꿈을 깨라.
꿈에서 깨어나 미망迷妄을 걷고 참삶을 살자.

고固 진실로. 궁애窮阨 궁하고 험난함. 사이의斯已矣 그뿐이다.
육합六合 동서남북상하. 천지.

호방 遣憂 12-5

세상살이 맘 쓰는 일 손꼽아보니
처자식이 가장 으뜸 차지하누나.
뉘 알리 집 나와 지내는 사람
호탕하게 이렇듯 노니는 줄을.

歷數世間累　　妻孥居上頭
誰知出家者　　浩蕩成玆遊

세상살이 이런저런 근심을 손꼽아보니 태반이 처자식과 관련된 문제다. 생활비, 교육비, 집값 등등. 이런 얽매임만 없다면 삶이 얼마나 홀가분할까? 본의 아니게 쫓겨나 이 변방에 와서 지내다보니 가족들에겐 미안한 노릇이지만, 거침없이 잘 산다. 걸림 없이 잘 논다. 그동안 신경 쓰느라 고생했다고 하늘이 내게 휴가라도 내려준 걸까?

역수歷數 하나하나 손꼽아보다. 누累 걱정, 우환. 처노妻孥 처자식.

외면 遣憂 12-6

진창의 돼지와 함께 뒹굴고
똥 구더기조차도 감지덕지라.
어여쁜 모장이나 맛난 순모는
놓아두고 입에도 올리지 않네.

塗豕故相逐　　糞蛆方自甘
毛嬙與淳母　　且置不須談

시궁창의 돼지와 함께 뒹군다. 더러운 똥 구더기가 구물대
도 그러려니 한다. 누구를 탓하고 누구를 원망하겠는가?
아름다운 여인을 품에 안고, 맛난 음식을 배불리 먹는 일
은 언감생심 꿈도 꾸지 않는다. 바랄 수 없는 것은 바라지
않고, 눈앞에 있는 것을 받아들이겠다. 세상에는 원망만으
로 풀어지지 않는 일이 있다.

도시塗豕 진창에 뒹구는 돼지. 고故 일부러. 고의로. 분저糞蛆
똥통의 구더기. 모장毛嬙 서시西施와 함께 고대 미인으로 손꼽
히던 여인. 순모淳母 맛 좋은 음식으로 8진미八珍味 중의 하나.
차치且置 따로 놓아두다. 상관 않다.

자유 遣憂 12-7

높아지면 언제나 떨어질 걱정
떨어지면 마음 외려 후련하다네.
수레 탄 벼슬아치 우러러보면
아등바등 거꾸로 매달린 듯해.

登高常慮墜　　旣墜心浩然
仰見軒冕客　　纍纍方倒懸

높은 데 올라가면 위태위태해서 떨어질까 오금이 덜덜 떨린
다. 한 발 올려 딛기가 겁난다. 그러다가 막상 아래로 떨어
지고 나면 아무 걸릴 것이 없이 시원하다. 좀 전의 불안을
생각하면 높은 곳을 올려다봐도 부럽지가 않다. 나도 잘나
가던 시절이 있었다. 임금의 사랑도 좀 받았다. 그때는 득
의양양했다. 하지만 알지 못할 두려움이 한켠에 늘 있었다.
이제 더 낮아질 데 없는 변방의 여관방에서 나는 오히려 편
안하다. 숨이 잘 쉬어진다. 여태도 높은 수레 타고 화려한
복장으로 거들먹거리는 벼슬아치들을 보면, 자꾸 불쌍하
다. 그가 수레를 타고 가는 게 아니라, 금세 자빠질 수레에
서 안 떨어지려고 아등바등 매달려 가는 것만 같다. 그들
은 나를 연민하겠지만, 나는 그들을 불쌍히 본다.

헌면객軒冕客 수레 타고 의관을 정제한 높은 벼슬아치. 유유纍
纍 아등바등하는 모습. 도현倒懸 거꾸로 매달리다.

평화 遣憂 12-8

부귀함을 가지고 악을 행하면
호랑이에 날개가 달린 것일세.
나 이제 깃촉 잘린 새가 된지라
얌전함을 덕목으로 삼고 있다네.

富貴以行惡　　猶如虎傅翼
吾今鳥鎩翮　　寡虐以爲德

부귀한 자의 악행은 범에 달린 날개와 한가지다. 날카로운 발톱과 어금니로도 숲의 짐승들이 벌벌 떠는데, 여기에 날개까지 달았으니 못 할 짓이 없다. 나? 나는 깃촉 잘린 독수리다. 한때 두 날개를 펴고 숲 위를 날면 숲 아래 토끼 같은 짐승들이 납작 엎드렸었다. 하지만 그물에 걸려 붙잡힌 후 깃촉까지 잘려 더이상 날지도 못하는 신세가 되고 말았다. 못 날고 발 묶인 독수리는 마당의 장닭만도 못하다. 그들은 벌레를 먹고도 살지만, 나는 못 산다. 그저 주는 먹이나 받아먹는 구경거리다. 눈앞을 지나가는 먹잇감도 멀뚱멀뚱 쳐다만 본다. 그래도 고맙다. 남의 목숨 해치는 짓을 더이상 하지 않게 되었으니. 그래도 저들이 날개까지 달고, 함부로 날고 뛰며 남의 목숨을 해치는 것은 내가 차마 못 보겠다.

부익傅翼 날개를 달다. 쇄핵鎩翮 깃촉을 자르다. 깃촉은 새 깃 아래쪽의 강한 깃. 이것을 자르면 날지 못한다. 과학寡虐 포학함을 줄이다.

자족 遣憂 12-9

복어 먹는 사람을 그대 보았나
맛과 독을 통째로 배 속에 넣네.
그 맛 아예 즐기지 않았더라면
그 독을 토해냄도 없었을 텐데.

君看食魚者　　味毒俱入腹
旣不享其味　　亦不吐其毒

복어는 톡 쏘는 독 맛이다. 독이 나쁜 줄 알지만 그 맛을
못 잊어 먹다가 죽는다. 독은 맛있다. 맛의 대가는 죽음이
다. 중독되면 약이 없다. 독에 맛들이면 저 죽을 줄 모르
고 독에 탐닉한다. 사람이 악을 행하는 것도 같다. 남을
짓밟고 그 위에 군림하는 맛이 기막히다. 몸에 복어 독이
쌓이듯, 교만과 파멸의 그림자가 쌓여간다. 한 번 더 조금
더 하다가 제 풀에 꺾여 자멸한다. 아예 그 맛을 몰랐으면
좋았을 것을. 결국 제 목숨이 위태로워져서야 그 독을 토
해내려 하지만, 독은 이미 몸에 다 퍼졌다. 한 발 늦었다.

미독味毒 복어의 맛과 복어의 독.

동심 遣憂 12-10

아이들 까닭 없이 앙앙 울다가
이유 없이 까르륵 웃기도 한다.
기쁨이나 슬픔은 까닭 없는 법
나이에 많고 적음 있을 뿐이네.

孩兒無故啼　　無故孩然笑
歡戚本無故　　年齡有長少

이유 없이 울고 까닭 없이 웃는 것은 어린아이다. 기뻐 웃는 데 이유가 필요한가? 슬퍼 우는 데 까닭이 있는가? 나도 좋으면 웃고 슬퍼서 운다. 애나 어른이나 다를 게 없다. 나이의 많고 적고가 무슨 상관이란 말인가. 오늘도 나는 운다. 오늘도 나는 웃는다.

무고無故 까닭 없이. 해연孩然 아이가 까르르 웃는 모습. 환척歡戚 기쁨과 슬픔.

방관 遣憂 12-11

뜻을 아직 못 폈을 땐 아껴주다가
펴고 나면 단점을 얘기하누나.
그래서 허유와 소부의 무리
고개 절며 제멋대로 한가로웠지.

未展人常惜　　既施人議短
所以巢許倫　　掉頭就閒散

사람들 하는 짓이 참 얄궂다. 뜻을 얻지 못해 불우할 때는
곁에서 아껴주고 보듬어주다가도, 막상 뜻을 얻어 포부를
펼치게 되면 뒤에서 헐뜯기 바쁘다. 좀 전의 사랑하던 마
음과 지금의 헐뜯는 마음이 어찌 이리 다른가? 이제 알겠
다. 요임금 때 허유와 소부가 천하를 사양하고 달아나 숨
은 까닭을. 나무 위에 올려놓고 흔들기는 그때나 지금이나
어쩌면 이렇게 달라진 것이 없는가. 나는 나무 위에는 올
라가지 않겠다. 차라리 귀 씻고 눕겠다.

미전未展 아직 뜻을 펼치지 못한 상태. 기시旣施 이미 뜻을 펼
치고 난 뒤. 의단議短 단점을 의론한다. 소허巢許 고대의 은자.
요임금이 천하를 허유에게 주려 하자 허유가 더러운 말을 들었
다며 귀를 씻었다. 그 친구 소부가 그 귀 씻은 물을 제 소에게
먹일 수 없다며 소를 상류로 끌고 가서 먹였다. 도두掉頭 고개
를 절래절래 흔든다.

득의 遣憂 12-12

백성들 주려도 날 원망 않고
백성들 무지해도 난 상관 않네.
후세에 나를 두고 말들 하겠지
"잘됐으면 멋지게 잘했을 텐데."

民飢不我怨   民頑我不知
後世論我曰   得志必有爲

야인으로 살아가니 백성의 원망 들을 일이 하나도 없다. 흉년이 들어 굶주려도 내 소관 사항이 아니다. 저들이 완악해서 패악을 부려도 나는 관계치 않는다. 그래도 후세는 나를 두고 이렇게 말하겠지. "그 사람이 시대와 만남이 불우해 그렇지, 정말 알아주는 임금을 만나 제 포부를 활짝 펼 수만 있었더라면 볼 만한 사업을 많이 이룩했을 텐데. 아! 아깝다." 그래 나는 이런 삶에 만족한다. 책임은 없고, 기림만 있겠구나. 말이 그렇다는 얘기다. 하도 답답해 해보는 소리다.

유위有爲 함이 있다. 유용한 인재.

장맛비 久雨

궁한 살림 찾는 사람 아예 없어서
온종일 의관을 벗고 지낸다.
썩은 지붕 바퀴벌레 툭 떨어지고
밭두둑엔 팥꽃이 남아 있구나.
병이 많아 잠도 따라 자꾸 줄어도
책 쓰는 데 힘입어 근심을 잊네.
오랜 비를 어이해 괴롭다 하리
맑은 날도 혼자서 탄식했거니.

窮居罕人事　　恒日廢衣冠
敗屋香娘墜　　荒畦腐婢殘
睡因多病減　　愁賴著書寬
久雨何須苦　　晴時也自歎

266

여러 날째 비는 주룩주룩 내리고, 날 찾는 이는 하나도 없다. 방 안에서는 아예 의관을 벗고 지낸다. 천장에서 무언가 툭 떨어지길래 보니, 바퀴벌레다. 여러 날 비에 잡초가 무성한 밭두둑엔 팥꽃만 조금 남았다. 날이 궂어 그런가, 전신에 안 쑤시는 데가 없다. 종일 일 없이 지내는데도 게으른 잠은 오지 않는다. 두고 온 가족 생각, 알 수 없는 미래를 향한 불안, 나빠지는 건강에 대한 염려, 이런 것들이 한 번씩 내면을 훑고 지나간다. 하는 수 없이 책을 펴 들고 저술에 몰두한다. 한참 몰두하노라면 좀 전의 근심은 간 곳이 없다. 그래 투덜대지 말자. 그전에 햇살이 쨍쨍한 맑은 날에는 이 좋은 날씨에 마음껏 돌아다니지도 못하는 신세를 투덜대지 않았던가?

한쪽 드물다. 향낭香娘 바퀴벌레 또는 노래기. 부비腐婢 팥꽃의 다른 이름.

늦게 개다 晩晴

저물녘 서늘함이 빗기운 거둬
개인 빛 선루禪樓로 들어오누나.
해 비친 봉우리는 옅은 노란빛
바람 맞은 대나무는 푸르고 여려.
마음은 창해滄海 따라 멀리 가 있고
몸은 노승과 함께하길 꾀하는도다.
슬프다 형님 계신 현산 가는 길
물결치는 저 끝에 작은 배 뵈네.

晩涼收雨氣　　晴色入禪樓
映日峯黃嫩　　含風竹翠柔
心隨滄海遠　　身與老僧謀
怊悵玆山路　　潮頭見小舟

268

읍내 뒷산인 우이봉牛耳峰 고성사高聲寺에 올랐다. 종일 비
가 오락가락하더니, 오후 늦어 서늘한 기운이 들자, 해가
겨우 난다. 절집 다락에 앉아 눅눅해진 마음을 말린다. 비
낀 햇살에 산봉우리는 옅은 노란빛으로 물들었다. 바람을
머금은 대숲 위로 푸른빛이 부드럽게 유영遊泳을 한다. 노
스님과 함께 앉아 뜬 인생의 한나절 한가로움을 즐기는 오
후. 내 마음은 절 다락에 앉아서도 자꾸만 형님 계신 흑산
도의 바닷길 위를 서성인다. 형님! 잘 계시지요? 늘 생각합
니다. 물결 머리 아득한 저 끝에서 가물가물 떴다 가라앉
았다 하는 작은 배 위에 제가 앉았으면 싶습니다. 불쑥 서
뵐 수 있다면 꿈만 같겠지요.

선루禪樓 절의 다락.　황눈黃嫩 여린 황색.　현산玆山 정약전이
귀양 가 있던 흑산黑山의 다른 표현.

장다리 꽃과 나비 賦得菜花蛺蝶

사랑채 밑 세 두둑 채마밭 둘레
성근 울 나무 곁에 펼쳐놓았지.
보아하니 꽃은 가만있고 싶은데
나비를 뉘 부추겨 오게 했을까.
병든 날개 온통 꽁꽁 얼었으면서
꽃다운 맘 그래도 안 식었구나.
봄바람 대단히 믿음성 있어
언제나 너와 함께 돌아오누나.

舍下三畦菜　　疎籬傍樹開
且看花欲靜　　誰起蝶先來
病翅猶全凍　　芳心獨未灰
春風大有信　　每與爾同回

추위가 채 가시지 않은 봄날, 집 앞 조그만 텃밭에 장다리
꽃이 노랗게 피었다. 나비가 제 먼저 알아 언 날개를 부비
며 꽃을 찾아왔구나. 날개에 아직 힘이 없는데, 꽃을 사랑
하는 그 마음만은 여전히 뜨겁다. 꽃은 왜 또 왔냐는 듯이
시큰둥하지만, 나비는 살랑살랑 예뻐 죽겠다고 그 곁을 맴
돈다. 봄바람아 고맙다. 올해도 나비를 데려왔구나. 겨우
내 움츠러든 마음에 꿈틀하고 솟는 생기가 있다.

삼휴三畦 세 두둑. 소리疎籬 성근 울타리. 병시病翅 병든 날개.
미회未灰 식지 않았다.

못가에서 池上絶句

따순 바람 터럭 불고 연못 위를 지나길래
못가에 지팡이 두고 홀로 한참 앉았네.
새 울음 구슬인 양 껄끄런 구석 없고
갓 노란 단풍잎이 붉을 때보다 곱다.

煖風吹髮度芳池　　池上橫筇獨坐遲
老滑禽簧無澁處　　嫩黃楓葉勝紅時

따순 바람이 머리카락을 흩날리곤 연못을 건너간다. 달아
나는 봄바람의 뒷모습을 지켜보려고 걸음을 멈추고 그 못
가에 앉는다. 또 한 계절이 가고 오는구나. 곁에 내려놓은
지팡이를 물끄러미 쳐다본다. 시간이 문득 낯설다. 꾀꼬리
는 목청이 제대로 터져서 꾀꼴꾀꼴꾀꼴 매끄러운 음표가
못 위로 쏟아진다. 어디서 우는 겐가? 녀석을 찾자고 고개
를 치켜드니, 이제 갓 연초록 새잎이 돋은 단풍나무 어린
잎새가 눈에 가득 들어온다. 가을에 붉게 물들었을 때보
다 훨씬 곱고 사랑스럽다. 여름이 온 것이다.

난풍煖風 따뜻한 바람. 횡공橫筇 지팡이를 가로로 내려놓다.
노활老滑 새 울음소리가 노련하고 매끄럽다. 금황禽簧 새 울음
소리.

담박 淡泊

담박을 즐기니 한 가지 일도 없어
타향의 살림살이 외롭지만은 않네.
손님 오면 꽃 아래로 시권詩卷을 가져오고
중 떠난 침상 곁엔 염주가 남아 있지.
한낮이면 채마밭에 벌이 한창 붕붕대고
따순 바람 보리 이삭 꿩이 서로 부르누나.
우연히 다리 위서 이웃 영감 만나
조각배 함께 타고 진탕 마실 약속했네.

淡泊爲歡一事無　　異鄕生理未全孤
客來花下攜詩卷　　僧去牀間落念珠
菜莢日高蜂正沸　　麥芒風煖雉相呼
偶然橋上逢隣叟　　約共扁舟倒百壺

잡다한 일 걷어내니 삶이 한결 투명해졌다. 욕심이 사라지
자 주변에 일이 없다. 그렇지만 나도 나름대로 바쁘다. 손
님이 찾아오면 꽃그늘 아래로 내려가 시권을 펼쳐놓고 함
께 시를 짓는다. 운승韻僧이 다녀간 자리에는 무심히 두고
간 염주가 놓였다. 내가 그 안에 있지만, 물끄러미 바라본
다. 봄이라 벌들은 붕붕붕 부산을 떨며 꿀을 빠느라 정
신이 없다. 봄바람이 보리 이삭을 쓸고 지나가면 그 속에
숨었던 새끼 꿩이 겁이 났던지 제 어미를 부르는 소리를
낸다. 늘어진 봄날의 산보가 길어져 다리께까지 나왔다.
지나던 이웃 영감이 반가이 알은체를 한다. "아이고, 선생
님! 마침 잘 만났습니다. 이번 보름에 동무들하고 밤중에
뱃놀이를 놀 참인데, 함께 가시지요. 술은 억수로 많이 장
만해두었습니다."

휴攜 가져가다. 시권詩卷 시 두루마리. 채협菜莢 채소 꼬투리.
채마밭. 정비正沸 한창 부산스럽다. 맥망麥芒 보리 까끄라기.

8월 1일 八月一日作

남해 바다 물가에 늙은 나무 찬 매미
온 하늘 가을 기운 이슬꽃이 새롭다.
알겠구나 북쪽 들창 볕바라기하던 곳엔
연한 초록 고운 황색 이른 봄을 이뤘겠네.

老樹涼蟬紫海濱　　一天秋氣露華新
遙知北戶迎陽處　　嫩綠妍黃作早春

8월이라 중추가절仲秋佳節이 시작되는 날이다. 아침 이슬 선
득하고, 가을 하늘 드높다. 키 큰 나무에선 찬 매미가 쓰
르람 쓰르람 운다. 이제 너도 곧 멀리로 가겠구나. 그래, 생
각난다. 이맘때쯤 내가 거처하던 방 북쪽 들창을 열면 그
아래 해바라기하던 곳에 쪼롬히 줄을 지어 여린 잎과 고운
황색의 꽃을 피우기 시작하던 국화가 갑자기 이른 봄의 풍
광을 빚어내던 일이. 그때 그 국화는 지금도 피고 있겠지.
눈을 감으면 책 읽다 말고 내가 헛기침하는 소리, 창밖 햇
살에 끌려 들창을 삐꺽 여는 소리, 역광을 받은 국화 잎이
며 꽃잎들이 잘게 부서지는 모습이 거짓말처럼 내 앞에 펼
쳐질 것만 같다. 나는 차마 눈을 감지 못한다.

자해紫海 남해의 별칭.   눈록연황嫩綠姸黃 연한 초록빛과 고운
황색. 국화의 잎과 꽃을 두고 한 말.

마루 위에 제비

越鷰巢於堂上 屢塗屢毁 退丐屋椽 憐而許之 感作一詩

강남 제비 지혜롭고 사려가 깊어
집 지을 때 언제나 뱀을 피하지.
그다지 어여쁜 점은 없어도
이 지극한 정성에야 어쩌하겠나.
박절하게 대해도 따라붙으며
깊은 걱정 지켜주길 바라는 듯해.
살면서 사물 이치 살피어보니
집 없는 떠돌이 신세 부끄럽다네.

越鷰有智慮　　營巢必辟蛇
縱無嬌艶質　　奈此至誠何
恩薄猶依戀　　憂深望護訶
生成見物理　　漂泊愧無家

제비가 자꾸 처마 안쪽에 제 둥지를 짓는다. 지저분한 것
이 싫어 자꾸 헐어 없앴더니, 다급해진 녀석이 타협안
을 제시한다. "나으리! 처마 바깥 쪽으로 둥지를 내어 지
을 테니, 이번엔 제발 눈감아주세요. 그래도 여기다 둥지
를 지어야 뱀이 새끼를 잡아먹는 일이 없어요. 한 번만 봐
주세요. 네!" 쩍쩍거리며 눈치를 보는 품이 사뭇 애원하는
눈치다. 그래 너나 나나 다를 게 뭐 있겠니? 나도 한동안
집 없이 떠돌던 신세였다. 지켜줄 손길이 필요하단 거지?
그래 집 짓거라. 내가 너를 지켜주마.

월연越鷰 강남 제비.　은박恩薄 은정을 박하게 하다.　의련依戀
기대어 사모함.　호가護訶 지켜 보살피다.

담박을 즐기니 한 가지 일도 없어
타향의 살림살이 외롭지만은 않네.
손님 오면 꽃 아래로 시권詩卷을 가져오고
중 떠난 침상 곁엔 염주가 남아 있지.
한낮이면 채마밭에 벌이 한창 붕붕대고
따순 바람 보리 이삭 꿩이 서로 부르누나.
우연히 다리 위서 이웃 영감 만나
조각배 함께 타고 진탕 마실 약속했네.

시든 연잎 敗荷

들 밖에 가을빛이 새로 이르러
쓸쓸히 시든 연잎 위에 앉았네.
여여쁨은 어느새 시들었어도
고심하는 마음이야 어이하리오.
여태도 하늘 받친 자루가 있고
달빛 잠긴 물결도 외려 남았네.
뉘 장차 자그만 관현악으로
날 위해 슬픈 노래 들려주려나.

野外新秋色　　蕭然上敗荷
已收芳艶了　　奈此苦心何
尙有擎天柄　　猶餘蘸月波
誰將小絃管　　爲我度悲歌

시든 연잎 위로 가을빛이 내려앉았다. 여름내 하늘 위로 방패인 양 떡 받치고 섰던 잎자루는 그대론데 초록빛 방패는 기운을 잃고 축 늘어졌다. 꽃 진 자리에 연밥 자루가 달렸다. 여름내 고심의 자취가 알알이 박혔구나. 조물주가 연주하는 1년의 관현악이 어느덧 대단원을 향해 달려간다. 알알이 송송 박힌 연실蓮實 앞에 이룬 것 없는 빈손이 부끄럽다. 슬픈 노래로 누가 나를 위로하여다오.

방염芳艶 꽃답고 아름다움. 경천擎天 하늘로 치솟다. 잠蘸 담그다.

동쪽 숲을 걷다 試步東林

병든 몸 책 보기는 너무 힘들고
맑은 가을 흥취 문득 거나하길래,
단풍나무 아래를 천천히 걷다
푸른 시내 곁에서 잠깐 앉는다.
여린 운명 구덩이 삶 달게 여기니
깊은 계획 묘당廟堂을 우러를밖에.
깊은 생각 되는대로 끄적거려도
미치광이 사랑함은 정녕 아닐세.

衰疾臨書倦　　淸秋引興長
徐行紅樹下　　小坐碧溪傍
微命甘溝壑　　深猷仰廟堂
幽懷任輪寫　　非是愛顚狂

284

오래 앓았다. 여러 날 앓다 일어나니 몸이 휘청한다. 습관처럼 책을 펴 들지만 몇 줄 못 읽어 어지럽다. 그새 가을이 왔구나. 방문을 열어보다 깜짝 놀란다. 푸른 하늘, 붉은 단풍잎. 잠깐 바람이나 쐬어야겠다. 지팡이를 짚고서 단풍나무 붉은 그늘 밑을 숫자를 세며 걷는다. 냇가에 앉아 쉰다. 나는 이렇게 웅덩이에 갇힌 물처럼 고여 사는데, 너희는 무슨 기대에 들떠 자꾸 산 아래로 달려 내려가는 게냐. 나랏일은 조정 대신들이 다 잘 알아서 하겠지. 내가 이 변방에서 공연한 걱정 해본들 달라질 게 있겠나. 시름은 잠시 내려놓기로 한다. 생각이 고이면 글로 적어 기록으로 남긴다. 생각이 종이 위에서만 들끓는다. 내게도 미칠 것만 같은 세월이 있었다. 이젠 다 지나갔다. 덤덤하다.

심유深猷 깊은 꾀.　수사輸寫 옮겨 적다. 베끼다.　전광顚狂 미치광이.

느닷없이 忽漫

갑작스레 꽃을 보니 눈물이 수건 가득
십 년 전엔 조정에서 임금 모신 신하였지.
봄 얼음과 범 꼬리라 안심할 땅이 없고
비바람에 닭이 울면 먼 데 사람 생각난다.
날 알아줄 벗은 저승에나 가야 있고
집에 가려 오히려 꿈길을 자주 찾네.
벽오동 그늘 아래 자주 기대 누워서
해묵은 옛얘기를 나누던 일 생각누나.

소릉少陵이 한번은 이렇게 말했다. "간사한 자가 나를 천 냥에
는 사 갈 걸세." 내가 말했다. "아무개는 500냥으로도 살 수 있
겠지요?" 서로 보며 크게 웃었다.(少陵嘗云: "憸夫購我以千金." 余
曰: "某可得五百金購乎?" 相視大笑.)

忽漫看花淚滿巾   十年前是內朝臣
春氷虎尾無安土   風雨鷄鳴憶遠人
知己秖應泉下有   還家猶向夢中頻
碧梧陰下頻婆側   記把張陳話宿塵

꽃을 보니 불쑥 눈물이 난다. 아직도 눈물이 남았나 싶어
어색하다. 십 년 전엔 나도 대궐에서 임금을 모시던 신하
였다. 살얼음판을 걷듯, 범 꼬리를 밟은 듯 조심조심 살아
왔다. 편안한 땅은 애초에 어디에도 없었다. 비바람 부는
새벽이면 닭 우는 소리를 들으며 세상을 떠난 벗과 멀리
있는 가족들을 생각했다. 내 마음을 알아줄 벗은 이미 세
상에 없다. 나는 쓸쓸히 꿈속에서 혼자 집을 찾아간다. 집
마당의 벽오동 푸른 그늘 아래서 빈둥거리며 선배인 소릉
少陵 이가환과 주고받던 시답잖은 대화의 한 자락을 문득
그리워한다.

홀만忽謾 갑자기, 어느새. 춘빙호미春氷虎尾 얇은 얼음판이나
범의 꼬리를 밟는 듯 조심스럽다는 뜻. 천하泉下 저승. 파측婆
側 기대어 눕다. 진화陳話 해묵은 옛이야기. 소릉少陵 이가환李
家煥(1742~1801)의 별호. 자는 정조廷藻, 호는 금대錦帶 또는 정헌
貞軒, 본관은 여흥驪興, 성호星湖 이익李瀷의 종손從孫으로 문장
에 뛰어났다.

늦봄 晚春

남은 해를 원포 가꾸는 늙은이로 지내라고
하늘이 백련봉의 한 뙈기 집 빌려줬지.
들 밖에는 유협우楡莢雨를 새로 기뻐한다지만
산중이라 연화풍楝花風이 조금은 겁난다네.
막걸리 술 깰 때면 찻자리를 펼치고
선승 가면 자리는 다시금 텅 빈다네.
부처 사는 인생인 줄 진작에 알았거니
매여 산들 떠돌이보다 나은 게 무엇이랴.

餘年聊爾作園翁　　天借蓮峯一畝宮
野外新歡楡莢雨　　山中小劫楝花風
茶從薄酒醒時設　　榻自枯禪去復空
已識人生都寄寓　　繫瓜何必勝飄蓬

8년 가까이 읍내 주막집 골방에서 지내다가 이곳 다산초당으로 거처를 옮겼다. 늦봄인데도 산속은 춥다. 들판 논밭 위로 비가 내리니 대지를 적시는 비가 달고 고맙다. 하지만 산속의 바람은 그 끝이 아직 차다. 손님이 찾아와 막걸리 한잔하고, 얼큰해지면 술기운을 깨려고 차를 달인다. 이웃 백련사의 선승이 긴 대화를 나누고 간 자리가 유난히 비어 보인다. 인생이란 세상에 잠깐 깃들었다 떠나는 나그네일 뿐이다. 주막집 골방에 부쳐 살 때나, 이곳에 와서 안정된 거처를 마련한 뒤나 다를 게 없다. 잠시 다녀간 선승의 빈자리로 인해 내가 허전해하듯이, 내가 훗날 이곳을 떠나면 또 어떤 누군가 내 자취를 그리워할까? 연연하지 말자. 오는 인연 막지 말고, 가는 인연 붙잡지 말아야지. 그런데 그게 잘 안 된다.

유협우楡莢雨 느릅나무 새순이 돋을 무렵 내리는 봄비. 연화풍楝花風 멀구슬나무 꽃이 필 무렵에 부는 바람. 고선枯禪 마른 선승. 계과繫瓜 매달린 조롱박. 얽매인 존재.

산기슭에 살면서 병을 돌보는
한 칸의 초당이 호젓하구나.
약화로엔 불씨를 남기어두고
새로 기워 책갑을 포장했다네.
눈이 사랑스럽지만 쉬 녹아 걱정
솔 아껴도 잘 안 자라 고민이라네.
이 언덕서 노년을 마칠 만하니
고향 가려 구걸할 일 무에 있으리.

설날의 감회 元日書懷 庚午在茶山
마흔아홉의 심정 元日書懷 庚午在茶山 2-1

하늘 끝서 세월은 말 달리듯 빠른데
해마다 봄빛은 약속한 듯 오누나.
아침상 넉넉하다 아홉 가지 부추 나물
늙은 나이 어느새 마흔아홉이 되었네.
지보支父의 깊은 근심 뉘 함께 말해보리
소요부邵堯夫의 안락법을 세상은 모르리라.
차가운 산속이라 시내 온통 얼음 눈뿐
곧 피어날 홍매 가지 그것만 걱정일세.

天末流光疾若馳　　年年春色到如期
朝盤未薄三三韭　　暮齒今齊七七蓍
支父幽憂誰共語　　堯夫安樂世難知
一溪氷雪寒山裏　　只管紅梅早晩枝

어느새 1810년 정월이다. 긴 시간이 흘렀다. 올해로 내 나
이 마흔아홉이다. 거백옥은 50에 새 출발을 다짐했다는데,
내게도 그런 일이 가능은 할까? 이 나이가 되고 보니, 천
하를 양위하겠다는 요순의 제안을 한마디로 거절했던 지
보의 그 마음을 내가 알 것만 같다. 저 소문산 아래 깊은
골짝으로 숨어들어 안락와安樂窩를 지었던 소강절邵康節의
삶이 새삼스럽다. 홍매의 제일 높은 가지가 이제 곧 꽃을
피우겠지. 내 걱정은 아직 추운데 저것들이 멋모르고 피었
다가 얼기라도 하면 어쩌나 하는 것이다.

질약치疾若馳 빠르기가 마치 말이 내달리는 것만 같다.   미박未
薄 박하지 않다.   삼삼구三三韭 남조南朝 때 유고지庾杲之가 밥상
에 늘 부추로 만든 반찬 세 가지三韭만 놓았다는 고사에서 따
온 말. 삼삼三三은 9九이니 부추 구韭의 음과 같다. 칠칠시七七蓍
칠칠은 49이니, 나이가 49세라는 의미다. 춘추 시대 위衛나라
대부 거백옥蘧伯玉은 50세 때 인생을 돌아보곤 지난 49년간의
삶이 잘못되었음을 알았다고 한 고사가 있다.   지보支父 옛날
현자의 이름. 요堯와 순舜이 지보에게 천하를 양보하자, 지보가
"나는 지금 남 모르는 병을 앓고 있어 그 병을 다스리느라 천
하를 맡아 다스릴 여가가 없다"고 한 일이 있다.   요부堯夫 송宋
의 소옹邵雍의 자字. 소문산蘇門山에 은거하며 거처를 안락와安
樂窩라고 이름하고 자호를 안락선생安樂先生이라 하였다.   지관
只管 다만 신경 쓴다.

한 칸의 초당 元日書懷 庚午在茶山 2-2

산기슭에 살면서 병을 돌보는
한 칸의 초당이 호젓하구나.
약화로엔 불씨를 남기어두고
새로 기워 책갑을 포장했다네.
눈이 사랑스럽지만 쉬 녹아 걱정
솔 아껴도 잘 안 자라 고민이라네.
이 언덕서 노년을 마칠 만하니
고향 가려 구걸할 일 무에 있으리.

養疾山阿側　　蕭然一草堂
藥爐留宿火　　書帙補新裝
愛雪愁仍渙　　憐松悶不長
玆丘可終老　　何必丐還鄉

긴 유배 생활에 몸엔 병만 남았다. 산속 집은 늘 호젓하다. 약 달이는 화로엔 불씨가 늘 남아 있다. 일이 없으면 낡은 책의 실을 새로 매고, 표지를 손질한다. 흰 눈이 오면 고운 풍경이 사랑스러워도 금세 녹을 생각 하면 마음이 짠하다. 어린 솔은 늘 아껴 매만지지만 저 녀석이 언제 자라 낙락 장송이 될까 싶어 마음이 아련하다. 이것이 초당에서 지내 는 내 하루의 일상이요 관심사다. 이런대로 한 인생을 잘 마칠 수 있다면 그것으로 족하다. 비굴하게 고개 숙여 빌 지 않겠다. 타협하지 않겠다.

산아山阿 산비탈. 산기슭. 소연蕭然 말쑥한 모양. 숙화宿火 재 운 불씨. 환渙 눈이 녹다.

한밤중에 잠깨어
ⓒ 정민 2012

1판 1쇄 2012년 6월 14일
1판 7쇄 2018년 7월 11일

지은이 정민 | 사진 차벽 | 펴낸이 염현숙
기획. 책임편집 강명효 | 편집 오경철
디자인 엄혜리 최미영
마케팅 정민호 이숙재 정현민 김도윤 안남영
홍보 김희숙 김상만 이천희
제작 강신은 김동욱 임현식 | 제작처 영신사

펴낸곳 (주)문학동네
출판등록 1993년 10월 22일 제406-2003-000045호
주소 10881 경기도 파주시 회동길 210
전자우편 editor@munhak.com
대표전화 031)955-8888
팩스 031)955-8855
문의전화 031)955-3578(마케팅) 031)955-2671(편집)
문학동네카페 http://cafe.naver.com/mhdn
문학동네트위터 http://twitter.com/munhakdongne
북클럽문학동네 http://bookclubmunhak.com

ISBN 978-89-546-1839-7 03810
* 이 책의 판권은 지은이와 문학동네에 있습니다.
  이 책 내용의 전부 또는 일부를 재사용하려면 반드시 양측의 서면 동의
  를 얻어야 합니다.
* 이 도서의 국립중앙도서관 출판예정도서목록(CIP)은 서지정보유통지원시스템 홈
  페이지 (http://seoji.nl.go.kr)와 국가자료공동목록시스템(http://www.nl.go.kr/
  kolisnet)에서 이용하실 수 있습니다.
  (CIP제어번호: CIP2012002441)

www.munhak.com